LA RÉPARATION

Katia Gagnon

LA RÉPARATION

roman

Boréal

© Les Éditions du Boréal 2011
Dépôt légal : 2ᵉ trimestre 2011
Bibliothèque et Archives nationales du Québec

Diffusion au Canada : Dimedia
Diffusion et distribution en Europe : Volumen

Catalogage avant publication de Bibliothèque et Archives nationales du Québec et Bibliothèque et Archives Canada

Gagnon, Katia, 1970-
    La réparation
    ISBN 978-2-7646-2089-2
    I. Titre.

PS8613.A446R46   2011   c843'.6   C2011-940184-3
PS9613.A446R46   2011

ISBN PAPIER 978-2-7646-2089-2
ISBN PDF 978-2-7646-3089-1
ISBN ePUB 978-2-7646-4089-0

À la petite fille en knickers rouges

I

L'affectation

1

Hiver 1980

La travailleuse sociale et son compagnon poussèrent la porte de l'immeuble en brique. La lumière d'un petit matin de mars éclairait faiblement la rue, où des bancs de neige sale finissaient de fondre. À l'extérieur du 3199, Sainte-Catherine Est, l'hiver se mourait. Mais à l'intérieur de la maison de chambres, où s'alignaient les logements crades habités par des putes et des toxicos, l'hiver avait cours en toute saison.

Elle tendit le doigt vers la sonnette. Le chiffre 3, qui ne tenait que par un clou, pendouillait de travers sur la porte. Quelques secondes s'écoulèrent. Elle ne se décidait pas à sonner à la porte jaunie par la saleté sous l'éclairage glauque du couloir sans fenêtres. Ce cas auquel on l'avait affectée en urgence s'écartait décidément de toutes les normes.

La travailleuse sociale déglutit avec peine. Elle n'avait jamais été aussi nerveuse de sa vie.

À sa droite, plaqué contre le mur, il y avait un policier qui tenait son arme. À l'autre bout du couloir, un autre policier était embusqué derrière la sortie de secours, d'où il pouvait s'élancer au moindre signe de danger. La travailleuse sociale était accompagnée d'un autre policier en civil. Il avait délaissé l'uniforme pour un jeans et une chemise bien repassée sous un manteau de cuir doublé. Le déguisement convenu d'un quelconque employé des services sociaux.

La Direction de la protection de la jeunesse avait découvert tout récemment l'existence de l'enfant qui habitait l'appartement 3 avec sa mère. La situation avait été jugée très sérieuse. Mais ce cas bien particulier avait exigé une protection policière majeure. Le psychiatre consulté par les services sociaux avait été formel : la séparation de la mère et de l'enfant comportait un « risque élevé de suicide ou d'homicide ».

La porte de la chambre voisine s'ouvrit. Un homme en sortit, le visage marqué de rides profondes, les yeux vitreux. Pendant une seconde, l'ancien clochard, qui s'était échoué dans cette maison de chambres après des années dans la rue, considéra le spectacle. Puis il continua son chemin en se traînant les pieds vers la salle de bain commune, sale et glaciale. Les murs de son logement étaient boursouflés par l'humidité.

Au moment où le chambreur claqua la porte des toilettes, le doigt de la travailleuse sociale s'écrasa sur la sonnette. Tout était prévu, se répétait-elle. Au moindre problème, je lève le bras gauche. C'est le signal.

— C'est qui ? demanda une voix enrouée à l'intérieur.

— Je m'appelle Louise D'Amours. Je travaille pour les services sociaux. J'aimerais vous parler.

— De quoi? dit la voix, méfiante.

— Pouvez-vous ouvrir la porte? Ça irait mieux pour se parler.

La porte s'ouvrit de quelques centimètres, bloquée par une chaînette.

— Qu'est-ce que vous voulez?

La travailleuse sociale se prépara à cracher le morceau.

— On a reçu un signalement pour votre fille, madame Provencher.

— Comment vous savez mon nom? Je vous connais pas.

— Madame Provencher, j'aimerais entrer pour vous parler.

— Non.

La porte se referma brutalement.

— Madame Provencher, je vous le demande, laissez-moi entrer un instant. J'aimerais vous parler et parler à votre fille.

Rien. Silence. Aucun bruit, et surtout, pas de voix d'enfant.

La travailleuse sociale leva bien haut son bras gauche.

La suite se déroula comme un ballet chorégraphié avec soin. Dans la seconde qui suivit, deux portes s'ouvrirent avec fracas. Celle de la sortie de secours et celle de l'appartement 3. Quand Louise D'Amours entra dans la chambre minuscule, la mère était encadrée par deux policiers. La femme portait une jaquette. Iris violets sur fond blanc, fines rayures lilas. Ses longs cheveux lui cachaient la figure. Elle ne se débattait pas. Son visage n'exprimait rien.

— Vous avez pas le droit, dit-elle simplement.

En un coup d'œil, la travailleuse sociale jaugea le logement. Les murs étaient rayés, à plusieurs endroits, par des traînées de moisissure. Une légère odeur de pisse régnait dans la chambre, où il n'y avait pour seul ameublement que deux lits. Les couvertures semblaient propres. Les comptoirs de la cuisine, à gauche, étaient usés, l'évier d'émail s'écaillait. De la vaisselle séchait dans un égouttoir.

Son regard s'arrêta au-dessus de la plaque à deux ronds, où une armoire à épices était suspendue. Vide, bien sûr. Jaunâtre et tachée. Mais cette armoire peinte de petites fleurs en fioritures était en elle-même comme le rappel, l'écho lointain d'une vie saine et équilibrée, où des gens ordonnés rangent leurs épices dans des pots bien étiquetés. Une vie qui n'avait jamais existé au 3199, Sainte-Catherine Est, appartement 3.

Mais où était l'enfant ?

— Où est votre fille, madame Provencher ?

— Elle est partie. Vous l'aurez pas.

Le visage de la femme restait impassible.

— Elle est partie. Vous l'aurez pas. Vous pouvez pas l'avoir.

L'épine dorsale de Louise D'Amours se transforma en une colonne de glace.

— Il va falloir fouiller le bloc, dit-elle aux policiers.

2

Reportages

Marie Dumais était plongée dans la lecture d'un fait divers publié dans le journal concurrent. Infanticide dans Hochelaga-Maisonneuve. Une mère en dépression profonde avait noyé son enfant. L'appartement, minable, était photographié en noir et blanc. La photo du garçonnet, souriant devant le photographe de l'école, était publiée en couleurs.

Un raclement de gorge l'extirpa brutalement de la scène du crime. Elle leva la tête. Son patron, grand, gros, barbichette grise, était devant elle, sourire au visage. Pas n'importe quel sourire. *Ce* sourire. Celui qui signifiait que, dans la prochaine minute, elle allait hériter d'une affectation difficile.

Le patron adopta l'approche douce.

— Dis donc, Marie, tu as vu l'histoire de la petite Michaud?

Quelle question. Bien sûr qu'elle l'avait vue. Sarah Michaud, quinze ans. Disparue pendant trois jours. Son corps avait été retrouvé dans la rivière voisine. Le suicide de l'adolescente avait ébranlé toute sa région et l'histoire s'était même retrouvée dans les pages des journaux montréalais.

Le patron attaqua.

— Il paraît que la jeune était harcelée à l'école. On pourrait faire un bon dossier sur l'intimidation.

Le patron la considéra par-dessus ses lunettes en demi-lune. Il lissa sa barbichette. Le coup final était pour bientôt.

— Tu pourrais aller passer une semaine à l'école de la petite. Ça pourrait être bon.

Le patron n'attendit pas sa réponse. Il tourna les talons et alla se réfugier dans son bureau, jouissant en silence de l'une des rares satisfactions des cadres : déléguer un reportage vraiment difficile à quelqu'un d'autre.

Marie referma son journal avec regret, jetant un dernier coup d'œil à la photo de la rue Ontario. En quelques clics, elle trouva le nom de l'école de Sarah Michaud. Puis elle contempla son téléphone avec inquiétude. Le regard qu'on lancerait à une bête, petite mais vraiment méchante. Un piranha. Un scorpion. Un chihuahua passé aux rayons gamma.

Elle prit le combiné en soupirant et se prépara à convaincre quelqu'un. Persuader l'école de la laisser fouiner dans les couloirs n'allait pas être facile. Tout le monde était encore traumatisé par le décès de la jeune fille. Déjà, les parents accusaient l'école secondaire de leur fille, un collège privé, d'avoir fermé les yeux sur l'intimidation dont elle était victime. Aucune personne sensée ne voudrait d'une journaliste dans ce portrait.

En plus, au téléphone, l'entreprise de persuasion était plus difficile. C'est en personne que sa remarquable capacité de faire accepter aux sujets de reportages des choses réputées impossibles, celle qui avait fait sa renommée, opérait le mieux. L'objectif de l'appel était donc de négocier une rencontre.

La conversation avec la responsable des communications fut fructueuse. Marie adopta sa voix la plus douce, présenta son projet de la façon la moins controversée possible et obtint ce qu'elle voulait. Une rencontre. À Rivière-aux-Trembles. Sur les lieux de l'affaire.

*   *   *

Il y a treize ans, quand Marie Dumais était entrée comme stagiaire à *La Nouvelle*, elle n'avait pas du tout le profil de la journaliste, hormis, peut-être, une grande facilité à écrire. Elle n'était pas un jeune loup trilingue et assoiffé de scoops, le modèle préféré des patrons. Elle avait sagement couvert, vite et bien, tout ce à quoi on l'avait affectée. Elle s'était penchée sur le creux historique du dollar canadien, l'inauguration de la promenade des premiers ministres à Québec par Lucien Bouchard. Mais le tableau où les tuteurs de stages marquaient les primeurs d'un point rouge était resté, dans son cas, désespérément vierge. Jusqu'à ce 12 juillet 1997. Elle se souvenait très bien de la date.

Ce jour-là, l'animateur d'une émission de radio matinale avait obtenu une nouvelle de la part d'un auditeur : celle de la démolition d'un taudis, habité par une vieille dame, dans un village perdu des Laurentides. La vieille dame avait été abandonnée par sa famille depuis des années dans ce trou insalubre, habité par douze chats. Une histoire à crever le cœur. Dès son arrivée au journal, le responsable des affectations avait foncé vers son bureau, lui avait rapidement dicté l'essentiel. Elle avait noté le tout, maladroitement, dans un carnet, puis avait sauté à bord de l'auto du photographe. Heureusement, elle était tombée sur Gros Chef, qu'elle aimait bien.

Gros Chef était un photographe à l'historique tumultueux. Son passé d'ancien *bum* lui avait inculqué un calme qui ne le quittait dans aucune situation. Marie, elle, était tout sauf calme. Dans l'auto, elle était comme une bombe à la veille d'exploser.

Ils débarquèrent ensemble devant la maison cachée par une haie de cèdres. Elle frappa à la porte. Pas de réponse. Elle frappa plus fort. Toujours rien.

Ils firent le tour de la maison en appelant la vieille dame. Rien. Finalement, Gros Chef repéra une fenêtre, sur le côté.

— Il me semble que j'ai entendu du bruit ici, chuchota-t-il.

Marie se plaça sous la fenêtre.

— Madame Dubois ?

— Allez-vous-en, croassa une vieille voix. Je veux pas voir personne.

— Madame Dubois, je travaille pour *La Nouvelle*. Je veux juste vous parler un instant. Est-ce qu'on peut entrer ?

— Je veux pas m'abonner. J'aime pas les journaux.

— Non, c'est pas pour un abonnement. C'est pour raconter votre histoire.

Rien. La vieille s'était tue.

Marie était au désespoir. Il fallait absolument qu'elle convainque cette vieille dame. Son avenir à *La Nouvelle* en dépendait. Ce reportage aurait certainement une valeur de test dans l'esprit des patrons. Si elle rentrait bredouille, elle allait tomber dans le grand trou noir du journalisme. Le gros-patron-à-barbichette allait l'inscrire sur sa liste personnelle, la liste des incapables d'où personne n'était jamais sorti. Or, Marie Dumais voulait devenir journaliste.

Elle avisa une chaise de jardin qui traînait sur le terrain. Elle plaça la chaise sous la fenêtre. Elle manœuvra les lamelles des volets pour les ouvrir. Ses yeux mirent quelques secondes à s'habituer à la pénombre de la chambre. Puis, elle encaissa le spectacle. Des couches souillées sur le sol. Un lit. Une vieille dame décharnée, vêtue d'une jaquette de flanelle. Elle avait la tête appuyée sur un oreiller.

Épouvantable. Marie sentit sa gorge se serrer.

La vieille dame tourna lentement la tête et ses yeux se fixèrent sur la journaliste.

— Madame Dubois. Je suis vraiment désolée de vous embêter, dit Marie en plantant ses yeux d'or dans le regard éteint de la vieille dame. J'ai vraiment besoin de vous parler. Vous n'êtes pas bien ici. Vous êtes malade. Vous êtes toute seule. Et maintenant, ils veulent démolir votre maison. Vous le savez. Les inspecteurs sont venus. Il vous faut de l'aide. Si vous me parlez, votre histoire va être dans le journal. Ça va vous aider. Je vais vous aider.

Sa voix se brisa sur les derniers mots. Elle avait mis tout son cœur dans son petit laïus. S'il vous plaît, pensa Marie. Silence. Rien.

Puis, le miracle.

— D'accord. Entrez. Mais je peux pas vous ouvrir. Je peux pas sortir de mon lit.

— Yesss, murmura Gros Chef en serrant le poing.

Ils se dirigèrent en quatrième vitesse vers l'entrée. Un solarium s'étendait derrière la porte verrouillée. Marie vit une fenêtre pas tout à fait fermée. Elle l'ouvrit de l'extérieur, poussa la moustiquaire. Un chien apparut dans le solarium. Un petit chien.

— Bon, soupira-t-elle. J'espère juste qu'il n'est pas méchant.

Elle enjamba le bord de la fenêtre. Son pied se posa sur une table à café. Pas de réaction du chien. Accroupie sur la table, elle tendit prudemment la main. Le chien agita la queue. Ouf.

Elle alla ouvrir la porte pour Gros Chef.

L'histoire de Judith Dubois se révéla encore plus pathétique que prévu. La vieille dame était clouée au lit. Sa maison était dans un état de décrépitude avancée. Les douze chats erraient dans la maison. Ça sentait la pisse humaine et la litière de chat. Le CLSC avait confié la vieille dame aux bons soins d'une aide domestique qui ne faisait rien d'autre que récolter son argent. Et maintenant, on voulait démolir sa maison. Or, Judith Dubois refusait de partir de chez elle. Ses enfants, que Marie finit par joindre au téléphone sur le chemin du retour, avaient envoyé leur mère au diable. « Qu'elle meure donc », avait crûment lancé sa fille.

Summum de la jouissance journalistique, au sortir de la maison, ils avaient buté sur les concurrents de la télé, à qui l'inspecteur municipal barrait désormais l'entrée. Marie réserva son sourire le plus éclatant aux autres journalistes qui la virent avec Gros Chef. Leur regard dépité fut son triomphe personnel.

L'histoire de Judith Dubois avait occupé le tiers de la première page de *La Nouvelle* le lendemain. Les photos de Gros Chef avaient parfaitement rendu l'ampleur de la déchéance des lieux. Et l'histoire de la vieille dame, un mélange d'exploitation, de corruption municipale, de solitude et de vieillesse, était tragique. Ce jour-là, Marie Dumais avait gagné un très gros point rouge sur le tableau des scoops. Le gros-patron-à-barbichette ne l'avait jamais oublié. À la fin du stage, elle avait été engagée.

Et depuis, son job principal était de convaincre. Elle avait très souvent réussi à entrer dans des endroits jugés impossibles à infiltrer, recueilli les confidences de ceux qui avaient la réputation d'être d'impénétrables huîtres.

Pourquoi ? Elle l'ignorait.

À l'université, elle avait eu cette prof, comédienne célèbre dans les années 80, voix de velours et diction impeccable. Elle coachait toujours nombre de vedettes de la télé. Elle donnait un cours redouté de présence télévisuelle. Elle avait la réputation d'être très exigeante.

Marie avait lamentablement échoué à toutes les

épreuves télévisuelles. Elle bafouillait en direct, le texte de ses topos semblait toujours trop lu, elle n'avait pas la bonne coupe de cheveux, ni les bons vêtements. Sa seule force, c'était l'entrevue.

À la fin de la session, la grande dame l'avait fait venir dans son bureau. Une veste pied-de-poule négligemment jetée sur ses épaules, elle lui avait parlé, de cette voix chaude où chaque mot se détachait nettement.

— Vous ne serez jamais une journaliste de la télé, ma chère enfant. Je ne sais pourquoi, vous refusez de vous abandonner, de vous dévoiler. Mais je vous ai suivie en reportage. Je vous ai vue parler aux gens. Et je veux que vous le sachiez : vous avez un don. Les gens vous font confiance. Ils s'ouvrent pour vous. Est-ce votre physique, votre sincérité ? Je n'en sais rien. Allez vers la presse écrite. Vous réussirez des reportages étonnants.

C'est ce qu'elle avait fait. Elle avait réussi à ouvrir la porte de Judith Dubois. Et des dizaines d'autres par la suite.

Elle avait d'abord travaillé aux faits divers. Les meurtres, les viols et les incendies étaient son pain quotidien. Après avoir obtenu avant tous les concurrents les confidences de la mère d'un jeune homme qui avait abattu deux personnes à son cégep, elle avait gagné une autre grosse étoile dans son dossier. Mais elle avait frappé un mur après avoir couvert un procès pour infanticide. Le père, un ingénieur, avait poignardé son fils après un divorce difficile.

Un mardi matin, il faisait gris, elle était dans la salle d'audience pour entendre le témoignage du pathologiste qui avait examiné le corps du garçon. David, cinq ans. Le pathologiste avait décrit avec précision les blessures infligées à l'enfant avec un couteau de cuisine. Certaines plaies étaient si larges qu'elles laissaient voir les viscères. L'enfant était mort dans son lit. Mais des « plaies de défense », avait témoigné le pathologiste, montraient que David était éveillé lors de l'agression.

Plaies de défense. Ces trois mots s'étaient gravés, comme une marque au fer rouge, dans son cerveau. Une question l'avait hantée pendant des jours. Quand, exactement, l'enfant s'était-il réveillé? Avait-il entendu le plancher craquer sous le poids de son père? Avait-il été réveillé par la douleur du premier coup? Peu importe, le résultat était le même. Un petit garçon de cinq ans avait vu son père se transformer en monstre.

Quelques jours plus tard, en coupant les légumes, elle avait soudainement pensé au corps mince et nerveux de son neveu, lui aussi âgé de cinq ans. Le torse étroit, les côtes légèrement saillantes. Le ventre parfaitement plat, un îlot de chaleur lorsqu'il dormait en chien de fusil, ses mains délicates rassemblées en une prière muette.

Saisie d'un haut-le-cœur, elle avait tout jeté. Les légumes, la planche à découper et le couteau. Le lendemain, elle avait annoncé à son patron qu'elle ne serait plus reporter aux faits divers. Elle avait choisi le secteur qui lui semblait le plus éloigné des crimes crapuleux : la politique.

Elle était allée trois ans à Québec. Elle avait adoré son expérience politique, même si elle était assez mauvaise dans le brouhaha des points de presse. En entrevue individuelle, cependant, elle était devenue une championne de la confidence.

L'un de ses plus beaux souvenirs journalistiques était d'ailleurs une entrevue avec un ministre de la Santé. Après trois ans en poste, plusieurs fermetures d'hôpitaux et des milliers de départs à la retraite commandés par les restrictions budgétaires, le ministre Yvan Juteau avait accepté de lui accorder une entrevue. L'homme de fer du gouvernement avait la réputation d'être froid et distant. Très peu de journalistes avaient réussi, depuis trois ans, à le faire trébucher.

Marie aimait bien Juteau. Et elle avait la ferme intention de le faire parler.

Elle commença l'entrevue en évoquant le projet de loi antitabac très strict qu'il avait réussi à faire adopter, contre l'avis de plusieurs membres influents du Conseil des ministres. Au cours des dernières semaines, elle avait écrit plusieurs papiers sur le sujet, dont certains révélaient des « fuites », qui provenaient directement du cabinet de Juteau. Ils avaient collaboré, en somme.

Soudain, une curieuse question lui vint à l'esprit. Elle la posa à brûle-pourpoint.

— Qu'est-ce qui vous a rendu si intransigeant à l'endroit de la cigarette ? Un événement dans votre vie personnelle ?

Le ministre ne put masquer un mouvement de surprise. Il était décontenancé.

Marie attendit. Elle ne le lâcha pas des yeux.

— Nous sommes *off-the-record* ?

— Si vous voulez, dit la journaliste.

— Mon père était un gros fumeur. Il est décédé du cancer du poumon. J'avais quatorze ans, dit brièvement le ministre.

— Et vous êtes demeuré avec votre mère?

Le ministre serra les lèvres.

— Sans le salaire de mon père, nous avons eu beaucoup de difficulté à joindre les deux bouts. Ma mère a eu deux boulots toute sa vie. Elle a pris des chambreurs pour que mes frères et moi puissions faire des études.

— Vous étiez l'aîné?

— Oui, dit le ministre. J'ai beaucoup aidé ma mère.

Ils se regardèrent un moment, avec, tous les deux, la même vision en tête : un adolescent devenu adulte très tôt à cause d'un père qui aimait trop la cigarette.

Après cette confession, le ton de l'entrevue avait changé. Juteau n'était plus le même. Marie saisit l'avantage. Elle tourna d'une façon très personnelle ses questions brûlantes sur le déficit zéro.

— Vous êtes venu en politique avec beaucoup d'espoir : vous vouliez réformer le système de santé. Avez-vous l'impression d'avoir été une victime des compressions budgétaires?

Pendant la demi-heure qui suivit, le ministre Yvan Juteau ouvrit les vannes. Il vida son sac. Il se vida le cœur. Ce fut d'ailleurs le titre du papier, le lendemain. « Le ministre Juteau se vide le cœur. »

Et jamais le politicien ne lui avait pardonné.

*   *   *

25

Depuis cinq ans qu'elle était revenue de Québec, elle avait réintégré la grande salle de rédaction comme reporter aux affaires sociales. Pauvreté, taudis, toxicomanes, enfants poqués, victimes en tout genre. Le *beat* de la misère humaine, disait-elle volontiers en plaisantant. Au cours de ces années, elle était allée en reportage dans des hôpitaux psychiatriques. Des écoles à problèmes. Une prison pour femmes. Des centres de réhabilitation pour les adolescents criminels. Elle avait passé un mois dans un refuge pour itinérants. Pendant des semaines, sur le web, elle avait relaté la descente aux enfers d'un jeune toxicomane.

Et maintenant, elle devait négocier une nouvelle entrée. Demain. Après une journée passée au téléphone avec des spécialistes de l'intimidation en milieu scolaire, elle ferma son carnet. Et partit comme un chat, à son habitude, sans dire au revoir à personne.

Marie avait assez peu d'amis au journal. En fait, elle n'avait pas d'amis dans la vie, point. Elle vivait seule, avec son chien, un labrador d'une riche couleur chocolatée. Elle l'avait appelé Cacao.

— C'est vrai, il est brun comme du caca, avaient rigolé ses petits neveux en visite. Et ils étaient partis courir avec le tas de merde sur quatre pattes. Ils l'adoraient. Elle aussi.

Son rituel du retour était immuable. Elle descendait de son vélo, utilisé pratiquement chaque jour — y compris l'hiver — pour se rendre au bureau. Au mépris de toutes les règles de sécurité, elle empruntait les sens uniques à l'envers, zigzaguait entre les voitures, le baladeur bien vissé sur les oreilles. Devant chez elle, elle attachait son « tank », un vieux vélo qui avait fait tous les temps, à la clôture de fer forgé avec le plus gros cadenas trouvé à la quincaillerie.

Elle montait au troisième dans l'escalier aux marches étroites et sans palier, qui donnait le vertige aux estomacs fragiles en visite chez elle. Elle prenait bien soin de laisser glisser la main sur la rampe tout au long de la montée. Si d'aventure elle avait des paquets dans les deux mains, elle déposait ses sacs dans l'entrée, redescendait, et remontait en effleurant la rampe. C'était ridicule, avait-elle souvent pensé. Mais si elle ne touchait pas la rampe, elle était envahie par une inquiétude diffuse, qui perdurait pendant plusieurs heures. Ensuite, elle pouvait ouvrir la porte. La boule de poil brun l'accueillait joyeusement, et ils partaient marcher ensemble. Une heure, montre en main, quel que soit le temps.

En plein cœur de l'hiver, ils étaient souvent seuls dans le parc La Fontaine. Elle détachait la laisse du chien et le laissait errer entre les arbres et les bosquets. Puis ils rentraient. Marie servait son écuelle à Cacao. Puis, elle s'assoyait dans son salon zen écru et vert et se versait un scotch. Toujours le même. Un Lagavulin 16 ans. Goût prononcé de fumée. Un glaçon. Une merveille. Mais c'étaient deux onces, pas plus. Elle mesurait le liquide ambré avec une précision maniaque, munie d'une mesure en étain achetée à la SAQ.

Le week-end, elle ajoutait un verre de vin au repas. Après s'être bricolé quelque chose pour souper — attention, quelque chose de bon, elle aimait bien manger —, les besoins fondamentaux d'une fille vivant seule la rejoignaient parfois. Dix ans plus tôt, elle aurait enfilé son ensemble de drague, pantalon moulant et chandail décolleté, et serait allée ramasser un type dans un bar. C'était facile.

Mais au fil des ans, elle s'était lassée. C'était compliqué, il fallait parler, boire. Les gars s'imaginaient qu'elle cherchait un petit ami.

Alors, elle s'était convertie au web. Elle s'installait à l'ordinateur, sélectionnait le site *Hot Montreal* et faisait son choix parmi les gars de l'agence. Elle avait trois critères. Grand, brun et baraqué. Matteo, Ivan — prononcé à la russe, comme dans *Rocky,* quatrième mouture —, Eduardo… le choix était vaste. Après quelques clics, le gars débarquait, dans la demi-heure.

Et ils baisaient selon le scénario établi ce soir-là par Marie. C'était elle qui payait, c'était elle qui décidait. C'était d'ailleurs une partie du plaisir de voir ces gaillards musclés lui obéir au doigt et à l'œil.

Un soir où, après le scotch, il y avait eu plus d'un verre de vin au souper, puis un petit joint de hasch particulièrement corsé, elle avait changé de site et choisi une fille. Un vrai pétard. Une Noire mince, mais pulpeuse, avec des cheveux défrisés qui tombaient comme des serpents ondulants jusqu'au milieu de son dos. L'expérience avait été intéressante, mais pas vraiment concluante. Elle était plus du type Ivan-le-Russe, finalement.

Elle aimait par-dessus tout le contraste entre ces grands corps et le sien, qui paraissait minuscule entouré de ces longs bras. Elle était petite, mais le vélo quotidien et la natation, qu'elle adorait, l'avaient rendue ferme et musculeuse. Malgré des seins assez pleins, elle avait une allure masculine avec ses cheveux coupés court. Et ça ne s'arrangeait pas lorsqu'elle s'habillait : son « uniforme » de travail, jeans et pull, avait toujours fait le désespoir de sa mère. Elle détestait les bas nylon et ne revêtait la jupe que l'été.

La partie de son corps qu'elle aimait le plus, c'étaient ses yeux. Ses yeux marron doré, couleur de miel de sarrasin. « Des yeux qui réchauffent », lui avait dit un soupirant du cégep, qu'elle avait vite éconduit. Mais le soupirant n'avait pas tort. Elle avait compris au fil des reportages que ses yeux avaient quelque chose d'enveloppant pour l'interviewé, qu'ils poussaient à la confidence. Et ils lui donnaient tout de suite une tête sympathique. La tête d'une fille à qui on peut faire confiance.

En arrivant à la maison, ce soir-là, elle téléphona à sa sœur pour lui demander si elle pourrait garder le chien, dans l'éventualité où la rencontre du lendemain déboucherait sur un séjour en région. Sa sœur accepta gentiment, comme toujours. Heureusement qu'elle avait Catherine. Son ancre. L'une des rares personnes qui comptaient réellement dans sa vie, où défilaient, comme dans un film muet, les gros-patrons-à-barbichette, les collègues gentillets et les hommes grands, bruns et sans visage.

3

Noir

Noir. Tout était noir. L'enfant était assise dans la position presque exacte du fœtus humain. Jambes repliées, bras repliés sur les jambes, tête appuyée sur les genoux. Pour voir comme il faisait vraiment noir, l'enfant étendit sa main en éventail, tout près de son visage. Elle ne la voyait pas.

En allongeant le bras, elle pouvait facilement toucher tous les côtés de sa cachette. Le mur de bois râpeux. À gauche. À droite. En haut. Derrière.

Un autre enfant aurait à coup sûr été oppressé par ce noir épais dans un espace aussi restreint. Après une minute ou deux, il aurait probablement commencé à ressentir les premiers signes de la claustrophobie. Cœur qui bat la chamade. Sensation désagréable qu'une enclume pèse sur les poumons. Pas elle.

Un conteur aurait décrit sa cachette comme le fond d'une marmite sombre, une caverne de dragon, une mer d'encre. Pas elle.

D'abord, parce qu'elle n'avait jamais vu la mer, ni de

caverne, ni d'encre. Pas plus que de marmite ou de dragon, d'ailleurs. La petite fille se représentait tout ce noir comme une matière souple et ondoyante, qui émanerait d'un lieu inconnu, se déversant par des trous et des fentes, remplissant à ras bord sa cachette, son refuge, formant, entre les murs, une cavité ferme et douce qui l'enveloppait. Une sorte de cocon. C'était rassurant.

Le reste du monde s'étendait au-delà du noir, derrière cette cloison, à sa droite. Là où il faisait plus clair. Elle connaissait par cœur son royaume, le moindre pouce de cette pièce unique éclairée par une fenêtre unique. Les deux lits recouverts de couvertures crème à rayures rouges, jaunes, vertes et noires. La cuisine, où tout était minuscule, même l'évier d'émail taché de rouille. Les toilettes, cachées derrière une porte accordéon.

Une fois, pendant plusieurs heures, elle avait suivi la trace d'un insecte qui rampait sur le plancher. Elle avait longuement inspecté sa peau dure et brun doré, ses petites pattes rapides, et ses antennes, sur le devant de son corps. Tout doucement, en ne faisant aucun geste pour ne pas effrayer la bête, elle l'avait suivie. La bête avait finalement disparu sous la porte d'entrée. La porte qu'il lui était interdit de franchir. *Elle* le lui avait défendu, souvent, à grand renfort de gestes. Mais, comme toujours, sans un mot.

L'enfant aimait regarder dehors. Elle s'assoyait sur l'un des lits et considérait l'univers qui s'étendait au-delà de la fenêtre. Il y avait un carré d'herbe, entouré de quatre murs. Appuyée sur l'un des murs en brique, il y avait une vieille porte d'un mauve délavé. Des petits morceaux de couleur se détachaient et finissaient par tomber, comme la neige en hiver.

Parfois, des hommes dormaient sur le gazon. Un jour, l'un d'eux lui avait fait un léger signe de la main et un sourire. Elle avait eu peur et s'était cachée. Exactement au même endroit qu'aujourd'hui. Dans le réduit de la salle de bain, encastré dans le mur de préfini, face aux toilettes.

La première fois qu'*elle* lui avait demandé d'entrer dans la cachette, il y a quand même assez longtemps, l'enfant avait senti quelque chose derrière elle. C'était souple. Peu épais. Elle l'avait tâté.

Lorsqu'*elle* sortit, un matin, pour faire des courses, l'enfant ouvrit la cachette pour récupérer la chose inconnue. Elle la traîna hors du noir. C'était un catalogue. *SEARS. Automne-hiver 1976.* Sur les pages fragiles, il y avait beaucoup d'images. Des grandes personnes. Des enfants. Elle avait longuement regardé le dessus du livre. Il y avait un enfant, comme elle. Ses cheveux étaient courts et pâles. L'enfant était assis sur le sol. Et derrière lui, il y avait un arbre, dont les feuilles étaient de toutes sortes de couleurs. Elle n'avait jamais vu un tel arbre.

Lorsqu'elle entendit la bruit de la serrure, elle repoussa rapidement le catalogue dans la cachette. *Elle* n'aimerait certainement pas ça. *Elle* le jetterait. Or, l'enfant tenait à le garder.

Par la suite, chaque fois qu'*elle* était sortie, la fillette avait passé de longs moments à regarder les images et les signes gravés sur les pages. Elle y voyait des choses magnifiques, de toutes les couleurs, inimaginables, qu'elle considérait avec curiosité. Elle avait souvent essayé de parler à l'autre enfant, sur le dessus. Il ne lui répondait jamais. Un jour, elle s'était concentrée, très fort. Elle aurait tellement aimé lui parler. Il lui avait semblé que l'enfant l'avait regardée pendant un instant, et qu'il avait souri.

Elle avait ses pages de prédilection. Comme celle-ci, où une dame était assise dans un fauteuil rouge, qui semblait si confortable. Il y avait deux fillettes qui portaient des vêtements brillants. Elles souriaient. Il y avait aussi cette image, où l'on voyait d'autres enfants dehors, durant l'hiver. Ils se lançaient de la neige. Leurs mains étaient cachées par des gants colorés. Ça avait l'air vraiment bien.

Et il y avait sa page préférée. Une fillette était assise par terre devant un tourne-disque jouet et une pile de petits disques. Au-dessus de la fillette, il y avait une toute petite personne aux cheveux jaunes. Elle était minuscule, habillée de vert. Ses jambes et ses bras étaient nus. Dans son dos, deux ailes translucides avaient poussé. Et derrière elle, elle traînait une coulée brillante, lumineuse, qui semblait chaude. La petite aurait désiré plus que tout pouvoir toucher à cette poudre dorée.

Un jour qu'elle observait la petite créature, elle avait mis sa main sur la page et avait cru sentir la chaleur qui émanait de la coulée brillante. Ça avait picoté sa main. Elle en était sûre. Elle essaya encore le lendemain. Cette fois, elle resta totalement immobile, la main au-dessus de la page. Elle sentit la chaleur, le picotement.

Puis, elle sentit la barrière s'ouvrir. Elle enfonça sa main dans la page. La créature, surprise, fit un saut de côté. La petite ouvrit la main. La petite personne avec des ailes tourna prudemment autour. Lorsque Marie-Lune toucha son épaule nue, la créature se tortilla en souriant. La petite retira sa main. Le bout de ses doigts était légèrement doré.

Marie-Lune était souvent retournée toucher la créature. Elle aurait tellement aimé traverser tout entière dans ce monde-aux-couleurs-vives, jouer avec ces enfants brillantes, faire des boules de neige et s'asseoir dans des fauteuil moelleux.

Lorsqu'*elle* l'envoyait dans sa cachette, désormais, elle serrait le catalogue contre elle. C'était son trésor.

Et c'est là qu'elle était, une fois de plus, ce matin. Dans sa cachette, avec le catalogue. Immobile comme une statue. Parfaitement silencieuse. Elle écoutait. Plusieurs personnes se trouvaient dans la pièce. *Elle* parlait. En un mouvement de défense instinctif, la petite se boucha les oreilles. Ses oreilles habituées au silence blanc. *Elle* parlait plus fort. Les lits furent changés de place. Ils cherchaient quelque chose.

L'enfant s'inquiéta de tous ces bruits inhabituels. Elle avait faim, aussi. *Elle* l'avait réveillée tôt, ce matin. *Elle* l'avait pressée vers la cachette noire, sans lui donner à manger. Et les autres étaient arrivés.

L'enfant se balança doucement, en avant, en arrière, les mains toujours pressées sur ses oreilles. Après un instant, elle se coucha, appuya sa tête sur le catalogue et s'endormit.

4

Rencontres

Marie Dumais était assise dans sa position habituelle de
début de reportage. Soit autour d'une table, où plusieurs
personnes avaient pris place. Cette fois-ci, ils étaient
quatre. Le président du conseil d'établissement, représentant des parents, un bel homme jeune et avenant. La responsable des communications, une fille pâle, sans odeur
et sans saveur. Un enseignant, le représentant des profs du
collège. Un blond, visage rond, lunettes à la Harry Potter.
Et enfin, la directrice de l'école, une femme aux cheveux
courts et aux spectaculaires lunettes rouges. Elle portait
un parfum végétal prenant, presque écœurant, qui enva-
hissait la salle de réunion anonyme, murs blancs, chaises
noires, grande table de faux bois.

Avant d'entrer dans cette pièce où elle savait que le
travail serait dur, Marie avait pris une grande respiration. Du calme, du calme. Une voix douce. Pas d'accès
d'impatience, même si quelqu'un — c'était invariable-
ment le cas au cours de ces rencontres — finirait par
déplorer le sensationnalisme des méchants journalistes

et les titres mensongers des chefs de pupitre. Il fallait laisser courir, laisser le public déverser sa frustration et ne jamais perdre de vue l'objectif. Persuader.

C'est en serrant les mains de ses interlocuteurs qu'elle prenait leur mesure. La poignée de main du président du conseil d'établissement avait été ferme, son sourire, franc. Il l'avait regardée droit dans les yeux. Traduction : il accueillait favorablement son projet. Le regard de biche effrayée de la porte-parole avait été éloquent : cette fille n'avait aucune importance. En revanche, la directrice, elle, l'avait saluée d'un petit sourire contraint. Elle était contre. Le prof l'avait regardée d'un air méfiant.

Bon. La tâche était claire. Deux personnes à convaincre.

Elle salua tout le monde et fit son laïus de départ. À peu près toujours le même, peu importe le reportage. *La Nouvelle* s'intéresse au sujet X. Nous aimerions traiter la chose différemment, de plus près, de l'intérieur, en fait, afin d'en arriver à une plus grande vérité. Ces reportages sont toujours réalisés en observant la plus stricte confidentialité pour les gens qui le désirent. Leurs noms seront modifiés. Certains détails de leur histoire également, afin qu'on ne puisse les reconnaître. Cependant, tout le fond de l'histoire sera exact.

— En fait, nous voulons cerner l'histoire de Sarah Michaud. Qui était cette jeune fille ? Que se passait-il avec elle à l'école ? Comment en est-elle arrivée à s'enlever la vie ? Vous savez, le sujet de l'intimidation à l'école touche énormément de gens, des parents, des jeunes. Ce reportage pourra peut-être faire changer les choses dans d'autres écoles, conclut-elle en y mettant tout son cœur.

Ses dernières paroles tombèrent dans un silence de plomb.

Le président du conseil d'établissement brisa la glace.

— Vous comprenez, madame Dumais, que le sujet est délicat. Il sera difficile pour les gens de l'école d'entrer dans des détails confidentiels. Il vous faudra aussi obtenir le consentement des parents de Sarah Michaud pour ce séjour à l'école. Et je vous le dis tout de suite, nous ne sommes pas en très bons termes avec eux. Mais le décès de la petite Michaud a créé une onde de choc dans notre communauté. Tous les parents sont bouleversés et ils veulent comprendre ce qui s'est passé. C'est pourquoi, compte tenu de votre réputation et de vos reportages sur d'autres sujets sensibles, personnellement, je vois d'un bon œil votre demande.

Un cas de réglé, se dit Marie.

La directrice pianota quelques instants sur la table avant d'attaquer, le regard dur derrière ses lunettes rouges.

— Je suis complètement contre. Nous avons déjà assez de problèmes avec cette histoire, avec les parents. Tout a été dit sur cette malheureuse affaire. Souvenez-vous de cette histoire de drogue à la polyvalente, Éric. Souvenez-vous des titres de ce journal. Il a fallu des années avant que le personnel s'en relève.

Marie ne pipa mot. Elle tourna la tête vers le prof,

l'invitant du regard à parler. Il posa plutôt une question, sur un ton franchement agressif.

— Qu'est-ce qu'on a à gagner de ce reportage?

Ouf, celle-là était difficile. Dans les faits, le personnel de l'école n'avait absolument rien à gagner à l'admettre dans les classes. Elle joua la carte de la franchise.

— Rien, répondit-elle. Mais c'est chez vous que l'histoire s'est produite. Ces reportages seront lus, partout au Québec. Et si, grâce à ces textes, on pouvait éviter un autre cas Sarah Michaud?

Le prof reçut sa réponse avec un reniflement de mépris. Il a probablement déjà eu une mauvaise expérience avec les médias, se dit Marie. Une autre victime des méchants journalistes.

— Comment allez-vous faire pour convaincre les parents?

Même agressivité.

— Ça, c'est mon boulot, répondit-elle calmement. Si je n'obtiens pas l'accord des parents, je n'ai pas d'affaire à l'école, c'est entendu. Mais s'ils acceptent, est-ce que vous allez me refuser l'entrée? C'est ce que je devrai dire si je raconte l'histoire. Les parents ont accepté. L'école a refusé. Vous aurez l'air d'avoir quelque chose à cacher.

Elle continua à parler posément, évitant le ton de la menace. Elle présenta son chantage comme un fait immuable, que rien ne pourrait modifier. Une évidence.

L'argument porta. Le prof la considéra d'un œil nouveau derrière ses lunettes d'intello. Touché.

La directrice recula sa chaise en croisant les bras. Elle sentait que son allié vacillait.

— Je crois que, dans le contexte, c'est une très mauvaise idée, dit-elle.

La porte-parole était muette, à l'autre bout de la table. Elle écrivait sur un bloc.

Marie décida d'y aller avec une pointe d'agressivité. Parfois, ça marchait.

— Avez-vous déjà lu mes reportages? dit-elle à la directrice.

Impatience légère, oh, très légère.

— Je lis les journaux le moins possible, rétorqua la femme aux lunettes rouges.

— J'en ai apporté quelques-uns. Je vous les laisse. L'un d'entre eux a été réalisé dans un hôpital psychiatrique connu, dans l'aile qui héberge des gens qui ont commis un meurtre dans leur propre famille. Vous vous rendez compte qu'il s'agit là d'un lieu bien plus sensible qu'une école secondaire. La confidentialité était l'enjeu numéro un de ce reportage. Or, tout le monde a été très satisfait de mes papiers. Je vous ai laissé le numéro de téléphone du directeur de l'hôpital au cas où vous voudriez vérifier. Vous savez, on m'a admise dans toutes sortes d'endroits. Dans des écoles pour délinquants. Des centres jeunesse. Jamais les gens ne se sont plaints de ma façon de travailler.

La directrice leva un sourcil en prenant le tas de feuilles. Elle avait réussi à l'impressionner, constata Marie. Il fallait foncer.

— Je comprends que toute l'école a été bouleversée par cette tragédie. J'ai beaucoup de sympathie pour le personnel et les élèves. Je tiens à travailler dans le plus grand respect de tous. Mais cette histoire a énormément touché nos lecteurs. Je crois qu'on ferait vraiment œuvre utile en décrivant correctement, sans sensationnalisme et sans pathos, ce qui s'est passé chez vous.

— Et si nous refusons ? demanda la directrice.

Marie laissa passer un moment de silence. Tout le monde la regardait. Elle parla très doucement.

— Que vous m'admettiez ou pas, je ferai quand même ce reportage. Je trouverai facilement les noms des membres du personnel, des élèves. J'irai les voir chez eux. Vous pouvez être sûre d'une chose, certains parleront. Nos concurrents vont eux aussi se mettre sur cette histoire. Et je vous le garantis, ils ne prendront pas de gants. Moi, je veux la vérité. Et je l'aurai seulement si vous acceptez de m'admettre quelques jours chez vous.

La directrice enleva ses lunettes rouges, passa sa main sur ses yeux, puis regarda Marie. Sans cette horrible monture, son visage était doux. Un ovale parfait.

— Laissez-moi y réfléchir. Je vais en parler avec mon personnel. Envoyez-moi vos papiers et vos références. Allez voir les parents de Sarah Michaud. Je vous appelle dans quelques jours.

5

Interrogatoire

La travailleuse sociale, lasse de poser sans cesse les mêmes questions, céda sa place au policier du poste 23. Ce dernier s'assit sur le même tabouret, dans la salle d'interrogatoire.

Jeanne Provencher était assise de l'autre côté de la table, robe grise passée de mode, cheveux coiffés en chignon, lèvres serrées.

Bien décidée à ne rien dire.

C'est ce qu'elle avait fait depuis son arrivée au poste. Ni la travailleuse sociale ni les policiers n'avaient réussi à lui soutirer un mot. Elle n'avait même pas réclamé d'avocat.

Le policier reprit patiemment les faits.

— Madame Provencher, vous comprenez que si vous ne nous dites pas où est votre fille, vous allez être inculpée d'enlèvement d'enfant. C'est une accusation très grave, passible de plusieurs années de prison. Dites-nous simplement où se trouve votre fille. La DPJ ne va pas nécessairement vous l'enlever. Peut-être que si vous faites certains ajustements dans votre vie, ils vous laisseront la garde de votre fille.

Cette dernière phrase était un mensonge éhonté. Compte tenu du mode de vie de la mère et de ses problèmes évidents de santé mentale, la probabilité qu'elle conserve la garde de sa fille était très près de zéro. Mais bon, la priorité était de retrouver la petite, se dit le policier.

Pas un mot.

Le policier soupira et essaya un autre angle d'attaque.

— Vous comprenez aussi que votre fille est peut-être en danger, à l'heure qu'il est, selon l'endroit où elle se trouve. Vous maintenez qu'elle est en vie, si je comprends bien ?

Il attendit une réponse. Après un instant, comme aux autres occasions où cette question lui avait été posée, Jeanne Provencher fit oui de la tête.

Quel poids fallait-il donner à ce signe d'assentiment ? se demanda le policier. La femme était manifestement une « coucou ». Elle avait bien pu tuer sa fille et maintenant prétendre le contraire.

— Pourquoi est-ce qu'on vous croirait là-dessus ? Donnez-moi une preuve qu'elle est en vie, dit le policier.

La mère ne mordit pas à l'hameçon. Elle se mura dans le silence.

Derrière une vitre sans tain, la travailleuse sociale regardait la scène avec découragement. Elle devrait avoir recours à d'autres compétences.

Elle prit le téléphone et appela un psychologue,

devenu un ami au fil des trois années passées ensemble à bâtir le réseau balbutiant des services sociaux. Il répondit tout de suite. Elle lui exposa le cas en quelques phrases. La DPJ, à travers la police, avait reçu un signalement émanant d'un voisin de Jeanne Provencher, un clodo fini dont le témoignage était peu fiable. Une première travailleuse sociale s'était rendue sur les lieux pour fixer une rencontre avec la mère. Celle-ci avait d'abord fermé la porte au nez de la travailleuse sociale. Mais lorsque cette dernière avait mentionné la police, Jeanne Provencher avait rouvert sa porte et accepté de se déplacer avec sa fille pour un entretien plus officiel. L'entrevue avait démontré que la mère avait des problèmes de santé mentale, qu'elle n'était pas suivie par un médecin et qu'elle ne prenait pas de médicaments.

Elle était en plein délire religieux. Sa fille était une enfant choisie, spéciale, une enfant de la destinée, qu'on devait à tout prix préserver du monde extérieur et de la souillure de la parole humaine. Ses oreilles devaient rester vierges, le plus possible. Elle était donc élevée dans le silence. L'enfant ne sortait jamais de chez elle. Il n'y avait aucun jouet dans la maison. Elle avait eu cinq ans il y a quelques mois, mais la mère n'envisageait pas une seconde de l'envoyer à l'école. Durant toute la durée de la rencontre avec l'intervenante, la mère avait gardé sa fille sur ses genoux, les mains sur les oreilles de l'enfant. La petite n'avait pas dit un mot.

Le psy arriva rapidement au poste. Les policiers, impuissants, acceptèrent de lui céder leur place. Ils s'installèrent dans la pièce voisine et allumèrent la radio.

Pierre Pascau se moquait méchamment de la dernière gaffe de la ministre de la Condition féminine, Lise Payette.

Le psychologue s'assit devant la femme. Elle avait un curieux visage. Un long nez, le teint gris. Ses cheveux étaient tirés vers l'arrière. Des yeux d'un vert boueux, un regard brillant et pourtant glacial, typique des patients en état de psychose. L'ensemble formait un visage de cire, comme celui d'un mannequin.

Il entama l'entretien en adoptant un ton dur, autoritaire.

— Je suis Son envoyé, Jeanne Provencher. Je suis ici pour vous dire que vous avez commis une faute. L'enfant que Dieu a choisie, vous l'avez abandonnée.

Peu de réactions. Seule une lueur d'inquiétude dans l'œil.

— L'enfant que le Seigneur vous a confiée, à vous, Jeanne Provencher, et s'il lui était arrivé malheur ?

En parlant, le psychologue ne quittait pas la femme des yeux. Il avançait le torse vers elle, martelant chaque mot avec soin. Il insista particulièrement sur le mot « malheur ».

— Non, répondit aussitôt la femme. Il ne peut rien lui arriver là où elle est.

Mais la rapidité de sa réponse montrait au psy qu'il avait enfoncé un coin dans le mur de son obstination. Il poursuivit, sans hésiter.

— Qu'en savez-vous ? tonna-t-il. Qui êtes-vous, pauvre femme, pour décider de ce qui doit advenir de l'enfant de la destinée ?

44

Cette fois, le visage de Jeanne Provencher changea légèrement.

— Elle a toujours été en sécurité là-bas.

— Où ça ? demanda le psychologue, prenant bien soin de ne pas laisser voir sa fébrilité.

Il fallait à tout prix préserver le personnage d'envoyé de Dieu. Malgré sa nervosité, il eut un fou rire intérieur. C'est sa femme qui rirait de lui ce soir.

Jeanne Provencher tomba à genoux.

— Chez moi. Dans le réduit de la salle de bain. Pardon. Je ne voulais pas qu'ils me l'enlèvent.

Michel Daoust eut pitié de la femme. Il fit ce qu'il pensa correct de la part d'un envoyé de Dieu. Il la releva gentiment, lui caressa les cheveux. Il importait de préserver la relation, dans l'éventualité — bien improbable, à son avis — où la femme aurait menti. Elle était beaucoup trop impressionnée par cet ange vengeur pour raconter des bobards.

— Lève-toi, Jeanne Provencher. Tu es pardonnée. Tu reverras l'enfant de la destinée sous peu. En attendant, obéis aux gens qui se trouvent ici. Fais ce qu'ils te disent, je te l'ordonne.

Puis il quitta la pièce, laissant derrière lui une femme submergée par sa très grande faute, les coudes sur la table, les deux mains cachant son visage.

6

Laideurs

Assise dans sa voiture de location, dans le stationnement du collège, Marie appela les parents de Sarah Michaud. La mère répondit. Elle lui demanda si elle serait disponible cet après-midi pour un entretien à propos de sa fille. En entendant le nom du journal, la mère accepta immédiatement. Marie fixa un rendez-vous dans trois heures. Ça lui laisserait le temps d'explorer un peu les environs du collège, puis de se rendre chez les parents.

Elle pianota sur le GPS pour obtenir le trajet vers Saint-Mathieu. Elle prit ensuite une carte routière afin de vérifier les dires de la machine. Elle avait toujours eu une peur maladive de se perdre. Petite, elle demandait sans cesse à ses parents s'ils étaient certains d'être sur le bon chemin. Devenue adulte, elle avait appris à conduire, mais n'appréciait pas tellement l'exercice. Trop peur de se perdre, surtout sur les petites routes de campagne. En conséquence, elle vérifiait toujours plusieurs fois les trajets qu'elle avait à parcourir sur la carte *et* le GPS.

Rivière-aux-Trembles était le prototype de la petite ville de province, se dit-elle en arpentant les rues avoisinantes. Un vieux centre, la place Fillion, quelques commerces de bon goût. Aux alentours, des rues abritant de belles demeures anciennes. Les notaires, les avocats et les médecins habitaient sûrement tous ce coin de la ville. Charmantes rues larges et ombragées par des arbres âgés, assez près de la rivière qui avait donné son nom à la ville. Tout près, aussi, du collège privé qui était situé sur le bord du cours d'eau. On y faisait une assez jolie patinoire l'hiver, qui s'étendait sur plusieurs kilomètres.

Le collège était un ancien séminaire dominicain, repris, il y a dix ans, par des laïcs, qui en avaient préservé l'excellente réputation. Les rejetons de la bonne société de Rivière-aux-Trembles allaient tous à cette école, sauf les quelques moutons noirs, qui, eux, se retrouvaient à l'autre bout de la ville, à la polyvalente Ernest-Béland.

Ça, c'était l'autre centre-ville, le neuf. Un gros centre commercial et, à côté, l'un de ces détestables *power centers*, avec leurs commerces géants et leurs stationnements grands comme des lacs. Il y avait aussi, à proximité, une grosse usine de plastique, autour de laquelle avaient poussé des quartiers nettement plus modestes, petits bungalows et condos dans des tours d'habitation. Un autre monde, à quelques kilomètres des rues ombragées de la vieille ville. Là, seuls quelques rejetons réussissaient à gravir les marches du collège privé.

Sarah Michaud, elle, n'appartenait à aucun de ces deux univers. Elle venait de Saint-Mathieu, un tout petit village à cinquante kilomètres de Rivière-aux-Trembles.

Une heure et quart par les petites routes, et probablement beaucoup plus en autobus scolaire, qu'elle empruntait matin et soir.

Marie se mit en route. Distraite par un compte rendu à la radio des statistiques de Jaroslav Halak devant le filet, elle faillit dépasser le village sans le voir. Il faut dire que Saint-Mathieu n'avait de village que le nom. Là où la grand-route croisait le cinquième rang, il y avait un garage, un bâtiment de tôle, gris et laid, et un dépanneur. Quelques jeunes traînaient sur le perron, leurs vélos, curieusement beaucoup trop petits pour leurs grands corps d'ados, jetés çà et là sur l'asphalte. Un peu plus haut, vers la gauche, une église et un bureau de poste. Une minuscule salle communautaire.

Zéro charme. Zéro attraction touristique. Un simple accident sur une carte géographique.

L'église était « moderne », en brique brune. La salle communautaire était recouverte d'une tôle beige. Le long du cinquième rang, même les fermes n'arrivaient pas à imprimer au paysage un côté bucolique. On y trouvait des machines rouillées, des champs de boue où ruminaient des vaches et des maisons en fausse pierre des champs. On aurait dit que toute la laideur du monde s'était donné rendez-vous à Saint-Mathieu.

La résidence des Michaud était une maison mobile blanc et noir. Elle semblait avoir été posée au hasard sur un grand terrain vague. Pas un arbre. Pas une fleur. Tout près, la grange du voisin, en état de décrépitude avancée, laissait battre un grand pan de tôle déclouée. Agité par le vent, le morceau de métal cognait sur le mur. *Clang,*

clang. De temps en temps, pliée par un souffle contraire, la tôle émettait un son étrange, le cri d'une bête métallique.

Bonjour l'ambiance, se dit-elle.

Elle gara sa voiture dans l'entrée, remarquant la motocyclette appuyée sur une béquille, tout près de la maison. Derrière, elle apercevait une corde à linge attachée à un poteau. Des t-shirts noirs style motard y étaient suspendus. Des bandanas. Des dessous rouges. Et aussi de petits vêtements de fille. Sarah Michaud avait donc une sœur plus jeune.

Elle frappa à la porte. Un homme baraqué, crâne rasé, bras tatoués, ouvrit.

— C'est vous, la journaliste?

Le ton était peu aimable.

Clang, clang.

Une femme, plutôt petite et très jolie, se matérialisa à ses côtés. Elle lui serra la main. Poignée de main ferme.

— Vous êtes madame Dumais. Je suis la mère de Sarah. Marie-Ève Tremblay. Lui, c'est Patrick Demers, dit-elle en désignant le gros motard.

Elle l'invita à entrer. Le motard s'écarta avec un regret manifeste.

En entrant dans la maison mobile, Marie embrassa la demeure d'un regard. Elle était devenue experte dans l'art de prendre rapidement la mesure d'un lieu. Celui-ci était éloquent. Le logis était à peine plus grand qu'une roulotte. Au centre, une table, où seulement quatre personnes pouvaient s'asseoir serrées. Un petit comptoir, des appareils électroménagers format réduit, des armoires de poupée, dont on se demandait ce qu'elles pouvaient bien contenir. Une télévision.

À une extrémité, une chambre, celle des filles vu les appliques roses sur la porte. À l'autre bout, une autre pièce, où, sur la porte, était affichée une pin-up en maillot rouge, qui enfourchait une Harley-Davidson de façon suggestive. La chambre des maîtres. Si tant est que cette appellation surannée qui évoquait des tourelles, des boiseries et des lustres puisse convenir à cet endroit.

C'est ici qu'avait vécu Sarah Michaud. Avec une mère, un beau-père motard et une jeune demi-sœur. Tout en lui parlant de l'enquête policière, qui traînait, selon elle, la mère sortit rapidement un album de photos. Le contraste entre Sarah et sa jeune sœur ne pouvait être plus frappant. Autant Sarah était quelconque, petite, cheveux frisés coupés courts, yeux bruns de fouine, avec un nez qui se terminait par une curieuse boule, autant sa demi-sœur était une enfant magnifique, cheveux longs, visage fin, corps gracile. Cinq ans. Dix ans de différence avec Sarah. Le motard était le père de cette enfant.

— Et votre ex-conjoint, le père de Sarah? Êtes-vous toujours en contact avec lui?

— Il a décrissé depuis longtemps, répondit Marie-Ève Tremblay. Il voulait pas d'enfant. Je me suis arrangée toute seule. Mais là, j'ai Patrick.

Elle leva des yeux amoureux vers le motard. Qui considérait la scène, debout, les bras croisés, le regard dur. Position exacte du garde du corps.

— Madame Tremblay, si je suis ici, c'est pour vous demander quelque chose. Mon journal veut que j'aille passer du temps à l'école de votre fille afin de raconter, le plus exactement possible, ce qui l'a poussée à commettre ce geste. J'ai besoin de votre accord.

— Tabarnak, cette école-là, c'est une gang de pourris. On leur avait dit que Sarah allait pas. Ils ont rien fait. C'est de leur faute si Sarah s'est tuée. J'espère qu'ils l'ont sur la conscience. La directrice est une vraie sans-cœur.

Lancée dans une diatribe contre l'école, la mère était passée à côté de sa question.

Marie revint à son point, aussi délicatement qu'elle le put.

— Oui, je comprends qu'il y a eu de gros problèmes à l'école. C'est pour ça que je voudrais aller passer quelques jours là-bas, parler à la direction, aux profs, aux élèves. Mais pour ça, j'ai besoin de votre accord. Ils ne me laisseront pas entrer sans ça.

La mère la considéra avec une méfiance nouvelle.

— Je pensais que vous vouliez juste nous parler pour écrire votre article.

— Oui, bien sûr, on va se parler. Mais je voudrais aussi aller passer quelques jours à l'école, vous comprenez. C'est tout de même là que sont survenus les problèmes de votre fille.

— Qu'est-ce que t'en penses, Pat ? demanda la mère en levant les yeux vers le motard.

— En fait, vous voulez brasser de la marde, résuma-t-il brutalement en s'adressant à la journaliste.

— Sarah a été intimidée à l'école. C'est le cas de plusieurs enfants, dans bien des écoles du Québec. Tout ce que je veux, c'est raconter son histoire pour que ça puisse servir à d'autres, répliqua fermement Marie.

Le gros motard la regardait, d'un air dubitatif.

— Sarah est morte, monsieur Demers. Si on prévient d'autres histoires semblables, ailleurs, peut-être qu'ainsi elle ne sera pas morte pour rien. Et vous, personnellement, n'aimeriez-vous pas savoir ce qui s'est réellement produit à l'école? Si vous m'autorisez à passer quelques jours au collège, je vous promets que vous saurez ce qui est vraiment arrivé à Sarah. Pourquoi, précisément, elle a fait ça.

— Personne va vouloir vous parler, dit le motard.

Il avait desserré les bras, enregistra Marie. Il faiblissait. Elle jeta un coup d'œil à la mère. Ses yeux étaient pleins d'eau. Elle acceptait.

— Faites-moi confiance, monsieur Demers, dit la journaliste en le regardant droit dans les yeux. Je pense avoir un certain talent pour faire parler les gens.

Le motard regarda la mère de Sarah.

— C'est ta fille. Fais ce que tu veux, dit-il.

Il tourna les talons et claqua la porte de la maison mobile.

Marie-Ève Tremblay la regarda, puis prit place à ses côtés. Marie sortit son carnet de notes.

7

Seule

Quand l'enfant s'éveilla dans son réduit sombre, il n'y avait plus de bruit. Elle s'assit, tendit l'oreille. Rien. Que devait-elle faire ? Elle n'avait pas de repères pour une situation semblable. D'habitude, *elle* venait la chercher, après des plages de temps plus ou moins longues. Elle hésita. Sortir ou pas ? Elle opta pour une sortie prudente et progressive. Elle tira légèrement la porte du réduit, une armoire taillée dans les mêmes planches de préfini que le mur de la salle de bain. Les pentures étaient à l'intérieur. De l'extérieur, seules deux fines fentes montraient à l'œil averti que ce mur abritait une cachette. Il fallait insérer les ongles dans la fente pour ouvrir le réduit.

La porte accordéon de la salle de bain était ouverte, laissant passer le soleil qui entrait par la fenêtre de la chambre. La lumière vive de midi lui blessa les yeux. Elle tira la porte un poil de plus. Risqua un œil. Aucun mouvement, aucun bruit. Elle osa ensuite pointer sa tête par l'ouverture. En partie masquée par la porte accordéon brune, la chambre était là, comme d'habitude. Sauf qu'il n'y avait personne.

Ce scénario n'était pas inédit. *Elle* sortait parfois et la laissait seule dans la chambre. Mais l'enfant avait le sentiment, vague et imprécis, comme un léger brouillard du matin, que cette solitude n'était pas qu'un épisode temporaire en attente d'un pain ou d'un litre de lait. Qu'elle était, en quelque sorte, plus permanente. Le brouillard se transforma en un petit couteau bien acéré. L'inquiétude.

Et ce couteau pointu piqua solidement l'intérieur de son ventre quand elle sortit de l'armoire, passa dans la pièce principale et remarqua la porte d'entrée, ouverte. La porte-qu'il-ne-fallait-jamais-franchir, ouverte. Une chose impensable, une impossibilité. Et pourtant, la porte était bien là, ouverte, ballante. L'enfant pouvait voir les murs jaunâtres du couloir, le tapis sale et taché. Son mouvement fut instinctif, comme un piéton qui n'a compté que sur ses propres réflexes pour éviter d'être frappé par une automobile : elle alla fermer la porte. Elle ne fermait pas complètement. Quelque chose ne fonctionnait plus, observa la fillette.

Puis, elle s'assit sur le lit près de la fenêtre. Elle ignorait ce qu'elle devait faire, maintenant. Mais une chose était certaine, elle avait faim. Elle décida de manger. Il y avait du pain et du beurre d'arachide. Elle engouffra trois tartines à la vitesse de l'éclair. Elle but de l'eau. Son ventre plein et tendu lui procura une intense satisfaction. Ensuite, elle s'installa à son poste habituel, à la fenêtre. Elle regarda la lumière inonder ce qui restait de la neige dans la cour. La neige laissait doucement la place au gazon, constata la petite. L'herbe émergeait de sous le blanc, boueuse, emmêlée, comme des cheveux ébouriffés. Elle scruta la plus grande plaque d'herbe, qu'elle avait longuement mesurée du regard la veille. Pas de doute, elle s'était encore agrandie. Elle se colla le nez sur la fenêtre, essayant de sentir l'odeur de la neige qui fondait et de l'herbe qui réapparaissait après une longue absence.

Elle n'était à peu près jamais sortie de cette chambre. Ça lui était arrivé quelques fois. Quand elle avait été malade. Il avait fallu aller à l'hôpital. Une autre fois, toute récente, pour aller rendre visite à une dame inconnue dans un bureau. Les deux fois, elle avait tenu très fort *sa* main. Elle avait eu très peur. Tout était trop bruyant, tout allait trop vite.

Elle décida d'aller regarder un peu les pages du catalogue. Elle rouvrit le réduit, traîna le catalogue à l'extérieur, s'assit à côté des toilettes et tourna les pages. Pour tromper son ennui et son inquiétude, elle refit le truc. Chaleur, picotement, puis plongeon dans le catalogue. La créature aux cheveux couleur banane vint se poser sur sa main. Elles se connaissaient, maintenant. Elles s'aimaient bien.

Après quelques heures, elle eut de nouveau faim. Il n'y avait plus de beurre d'arachide. Elle se prépara des tartines de moutarde. Elle adorait la moutarde. Elle en beurra son pain d'une couche épaisse, d'un beau jaune.

Puis, elle sombra de nouveau dans le sommeil, dans son lit cette fois. Peu à peu, le soleil, qui éclaboussait d'abord la joue de l'enfant, cessa d'inonder la fenêtre. La cour était passée dans l'ombre, puis dans une obscurité marron, typique de la fin de l'hiver.

Le bruit de la porte qui grinça la réveilla. Elle la fixa, hésitant entre l'inquiétude et le soulagement. La porte s'ouvrit.

Ce n'était pas *elle*.

Pendant une seconde, qui sembla s'étirer à l'infini, l'enfant et la travailleuse sociale échangèrent un regard rempli d'une semblable stupéfaction. Puis, la panique envahit la petite. Son cerveau tournait à toute vitesse mais n'allait nulle part.

Louise D'Amours s'avança lentement dans la pièce. Elle ne s'attendait pas à trouver la fillette dans la pièce principale. Elle la croyait enfermée dans la salle de bain. Elle se composa rapidement un visage rassurant. Elle tendit la main, comme pour appeler un petit animal. Elle parla tout doucement, et pourtant, ces mots firent sursauter la fillette, qui plaqua ses mains sur ses oreilles. Plus Louise D'Amours avançait dans la pièce, plus la fillette reculait dans son lit, se pressant contre le mur.

— Ta maman est avec nous. On va aller la voir ensemble demain. Tu ne peux pas rester seule ici.

La fillette ne dit pas un mot. Elle portait une robe et ses cheveux étaient tressés. Elle ne ressemblait pas du tout à la femme actuellement détenue au poste 23, inculpée d'enlèvement d'enfant. L'accusation tomberait rapidement. La preuve était là, devant elle. La mère n'était pas tirée d'affaire pour autant : d'autres accusations, peut-être plus graves, étaient imminentes, songea Louise

D'Amours en considérant la fillette maigre qui se trouvait devant elle dans un état de panique.

— Viens, ma petite. Je m'appelle Louise. Je vais m'occuper de toi. On va te trouver un endroit où passer la nuit. On ira voir ta maman demain.

L'enfant, maintenant presque acculée contre le mur, tenta une feinte pour s'échapper. Louise D'Amours l'attrapa. La fillette se débattit de toutes ses forces. Elle agitait ses bras, ses jambes, elle crachait. Heureusement, elle ne pèse pratiquement rien, se dit la travailleuse sociale.

Elle s'assit par terre, en tailleur, tenant la petite dans ses bras. Une étreinte ferme mais douce. L'enfant continua de s'agiter. Louise D'Amours essaya de lui parler, mais chaque mot qu'elle prononçait semblait aggraver la crise de l'enfant. Elle cessa donc. Elle se mit plutôt à fredonner une berceuse qu'elle chantait à ses propres enfants. *Aux marches du palais*. Son fredonnement était si bas que l'air en était presque méconnaissable. La mélopée de gorge s'éleva lentement dans la petite chambre, le son toucha les lits, pénétra dans la salle de bain, la cuisinette avec son armoire à épices, puis s'envola par la porte restée ouverte. Soudées par cette étreinte, enveloppées par ce son, la femme et l'enfant semblaient ne faire qu'une seule personne. Une masse humaine remuante, qui tressautait par à-coups, au rythme des mouvements de révolte de la fillette.

Après une heure, à bout de forces, l'enfant s'avoua vaincue.

Elle se coucha dans les bras de Louise D'Amours comme un bébé, demeura immobile et la regarda fixement. Un regard pénétrant, rempli de questions et de crainte. La travailleuse sociale pensa au collier d'ambre qu'elle avait rapporté du Mexique. Les yeux de l'enfant avaient exactement cette couleur-là. Ils évoquaient le caramel qu'on fabrique à la maison, en attendant patiemment, surtout sans remuer, que le sucre se marie à l'eau, puis brûle légèrement. Sous l'action de la chaleur et de l'attente, le mélange prend une teinte riche et fauve.

Des yeux qui réchauffent, pensa Louise D'Amours.

II

Carnets de notes

1

Les parents

Marie-Ève Tremblay avait rencontré son ex, le père de Sarah, dans un bar de Rivière-aux-Trembles. Elle avait seize ans à l'époque, elle fréquentait la polyvalente, où elle terminait avec peine son secondaire 3. Le bar en question — La Préférence — était situé à l'écart de la place Fillion, dans une rue de terrasses, où des motocyclettes occupaient une bonne partie des places de stationnement de la rue. Marie-Ève Tremblay avait un goût prononcé pour les motards.

La femme qui se tenait devant Marie était encore très jolie. Longs cheveux bouclés semés de mèches blondes — si elle les faisait elle-même, elle avait un certain talent pour la coiffure, pensa la journaliste. Petite mais vraiment bien roulée. Taille fine, jambes musclées, gros seins. Elle portait un jeans ultra-serré, un haut blanc ajusté qui laissait voir son nombril orné d'un petit diamant.

À seize ans, ça devait être tout un pétard, songea-t-elle. Pas étonnant qu'André Michaud, trente-trois ans, un *hangaround* du club de motards local, l'ait immédiatement repérée.

Il l'avait draguée ouvertement. Elle avait été flattée qu'un tel dur s'intéresse à elle. Il lui avait payé nombre de cocktails étourdissants. À la fin de la soirée, il l'avait emmenée, sur sa moto, dans un hôtel sur la grand-route, près de Rivière-aux-Trembles. Là-bas, la chose s'était déroulée assez brutalement. André Michaud n'avait même pas pris la peine de la déshabiller. Il lui avait prestement enlevé sa jupe, avait déchiré ses bas nylon et sa culotte et il se l'était enfilée sans plus de préliminaires.

Pour Marie-Ève Tremblay, l'expérience avait été pas mal moins agréable. *Elle pleure,* écrivit Marie dans son carnet.

Marie-Ève Tremblay était néanmoins devenue la « conjointe » d'André Michaud pendant plusieurs mois. Ses parents désapprouvaient cette relation. Mais tout le monde avait peur de Michaud. Quand il avait appris que Marie-Ève était enceinte, il était débarqué chez elle avec une liasse de billets.

Je veux pas d'enfant. Occupe-toi de ça, avait déclaré le nouveau père. Marie nota la phrase.

Sauf que Marie-Ève Tremblay avait vu dans ce bébé dont Michaud ne voulait pas une façon de se débarrasser de lui. Elle refusa obstinément l'avortement, malgré les crises de colère de son *chum,* qui finit par la jeter comme un vieux kleenex. La jolie poupée était usagée, finie.

Une fois cet encombrant conjoint liquidé, elle s'était cependant rendu compte que toute cette histoire faisait en sorte qu'elle allait *avoir un bébé* et, conséquemment, *devoir s'en occuper.* L'idée ne lui plaisait pas. Mais, bon, elle l'aurait, puisqu'il le fallait.

Dans sa chambre de jeune fille, ses parents avaient installé un lit de bébé. Elle avait abandonné l'école avec un secondaire 3 en poche. Ses parents l'avaient prévenue qu'ils ne la feraient pas vivre. Après quelques mois à la maison, elle devrait trouver du travail. À la naissance du bébé, tout s'était détraqué. La petite ne prenait pas bien le sein. Elle pleurait plusieurs heures par jour. Marie-Ève Tremblay était tombée dans un trou noir.

Dépression post-partum, diagnostiqua Marie.

Elle en était sortie après quelques mois avec une rancune tenace à l'endroit de sa petite fille. Qui, en plus, n'était pas jolie. Elle ressemblait à son père. Marie-Ève Tremblay avait néanmoins réussi à se trouver un appartement, à y emménager avec sa fille. Sarah passait toutefois beaucoup de temps chez ses grands-parents, qui la gardaient durant le jour. Marie-Ève s'était déniché un emploi dans un salon de coiffure. Ce qui explique la qualité des mèches, pensa Marie.

Sarah Michaud avait donc grandi sous l'œil peu amène de sa jolie mère, qui la laissait de plus en plus souvent chez ses parents. Pour travailler, pour sortir avec ses amies. Jusqu'au jour où elle rencontra un nouveau conjoint, en la personne de Patrick Demers, qui l'emmena vivre dans sa somptueuse résidence de Saint-Mathieu avec sa fille.

— Ma fille était pas contente de venir vivre ici, racontait-elle.

Et on la comprend, se dit la journaliste. Dans la

même année, Sarah avait dit adieu à ses grands-parents, auxquels elle était probablement très attachée, déménagé dans une maison qu'elle n'aimait pas et fait son entrée à l'école du village.

Difficile entrée à l'école, nota Marie.

— Et comment était votre fille, au primaire ?

L'école de Saint-Mathieu était modeste, raconta Marie-Ève Tremblay. Une cinquantaine d'enfants, de tous niveaux, étaient rassemblés dans deux groupes. L'enseignante des petites classes, une prof expérimentée, s'était rapidement aperçue que la petite Michaud avait un talent exceptionnel pour les maths.

— Monique Dupuis, la prof, s'est beaucoup occupée d'elle. C'est à cause d'elle que Sarah est allée au collège, racontait Marie-Ève Tremblay. Elle a rempli toutes sortes de papiers pour avoir une bourse. Nous, on aurait jamais eu les moyens de l'envoyer là.

Contacter Monique Dupuis, nota Marie.

Quand Sarah avait commencé sa quatrième année, sa mère était tombée de nouveau enceinte. Elle accoucha d'une autre petite fille. Une beauté, celle-là. Alors que Marie-Ève Tremblay n'avait pas ouvert l'album de famille en racontant l'enfance de son aînée, elle en tourna prestement les pages pour évoquer les premières années de la benjamine. Élodie.

Marie demanda à visiter la chambre des filles.

Deux petits lits jumeaux, couettes roses semblables, des affiches de Hannah Montana. Une armoire et une commode pour les vêtements des deux filles. Marie ouvrit la penderie. Un coup d'œil dans cette armoire était très éclairant sur la dynamique familiale. Jeans anonymes et t-shirts ternes pour Sarah. Des vêtements sans marque, sacrilège pour une adolescente. Soutiens-gorge et culottes blancs, parés de l'incontournable dentelle, mais dont le dessin était résolument ancien. Elle regarda les étiquettes. Des Warners. Une marque de vieilles, pensa la journaliste. Ils avaient sans doute été achetés en solde chez Zellers ou Walmart. Juste à côté, vêtements mode et colorés pour Élodie. Jeans taille basse avec des broderies. Des hauts « révélateurs » pour une petite fille de cinq ans.

Même quand elle était la seule enfant de la famille, le soleil maternel n'éclairait pas beaucoup Sarah. Mais à la naissance de sa sœur, la mince lumière qu'on projetait sur elle s'était éteinte. Elle était passée dans l'ombre, conclut Marie.

Crack en maths et vêtements nuls, écrivit-elle. Tout pour se faire aimer au secondaire, pensa la journaliste.

Les deux femmes retournèrent à la table de la cuisine.

La mère continua de lui raconter ce qu'elle savait du passage au secondaire de sa fille, c'est-à-dire pas grand-chose. Centrée sur son bébé, elle avait peu questionné Sarah. Elle avait cependant remarqué que sa fille s'enfermait souvent dans sa chambre pour pleurer.

— Pourquoi ? Lui avez-vous demandé ?

— Elle m'a dit qu'elle se faisait écœurer à l'école. Je lui ai dit de pas se laisser faire. Un jour, à la poly, y'avait une fille qui m'écœurait. Je l'ai punchée, pis après, j'ai pus jamais entendu un mot de sa part. Mais avec Sarah, ça s'est pas passé comme ça. Il a fallu que j'appelle la directrice et que je lui dise ma façon de penser. Elle m'a fait venir dans son bureau, on a parlé.

— Et qu'est-ce qui s'est passé avec Sarah ?

— Je sais pas trop. Elle m'en a plus reparlé. J'ai pensé que ça s'était réglé.

Marie poussa un soupir intérieur et écrivit. *Peu d'aide de la part des parents.*

2

La travailleuse sociale

Rapport de prise en charge
Le 10 avril 1980
Nom : Marie-Lune Provencher
Sexe : F
Âge : 5
Résumé de la situation : Retrait du domicile familial
en soirée du 22 mars. Mère (Jeanne Provencher) détenue
poste 23. Placement de l'enfant en urgence en famille d'ac-
cueil (Annie Lacasse). Deux autres enfants sont sur place,
âges vingt-deux mois et sept ans.

Premières observations : Du départ de chez elle à l'ar-
rivée dans la famille d'accueil, l'enfant est muette et immo-
bile. Elle se laisse attacher dans le siège d'auto, n'oppose
aucune résistance à l'arrivée. Ne parle pas. (Problème de
langage ? État de choc ?)

En arrivant, je lui présente Annie. Les deux autres
enfants sont couchés. Annie lui fait rapidement visiter la
maison, puis lui montre une chambre. Elle lui explique
que ce sera sa chambre pour quelque temps. L'enfant la

suit à la manière d'un somnambule. (Démarche peu assu-
rée. Sous-stimulation?)

Louise D'Amours interrompit sa rédaction pour penser à Annie Lacasse. Elle ne l'avait pas choisie pour rien. La grande femme blonde et énergique était à la tête de l'une des rares familles d'accueil d'urgence du tout nouveau réseau montréalais. Annie, ancienne infirmière en pédiatrie, savait exactement comment accueillir, à toute heure du jour ou de la nuit, les enfants qui débarquaient chez elle. Ça se voyait à des dizaines de petits détails. Même si l'enfant était sale, Annie ne lui proposait jamais de prendre un bain, du moins la première journée. Être nu et vulnérable dans une salle de bain, avec des inconnus dans la maison, était beaucoup trop insécurisant pour ces enfants. Plusieurs avaient été victimes d'abus sexuels. Annie se bornait à offrir à l'enfant des vêtements propres. C'est ce qu'elle avait fait avec Marie-Lune, fouillant dans la réserve de vêtements de toutes tailles qu'elle gardait dans le placard d'une des chambres. Elle y avait déniché un pyjama bleu avec des camions rouges. Un peu garçon, mais bon, ça ferait pour ce soir. Louise D'Amours reprit le cours de sa rédaction.

Elle va chercher un pyjama et aide la petite à le mettre. L'enfant est incapable de le faire seule. (Déficience intellectuelle?) La fillette est très maigre. (Sous-alimentation?)
Annie l'aide à monter dans son lit, lui parle doucement et la borde. La petite la regarde. Au moment où nous allons éteindre la lumière, elle s'assoit dans son lit, une larme

roule sur sa joue. Elle ouvre la bouche, semble vouloir dire quelque chose. Elle montre le plafond. Annie croit comprendre qu'elle ne veut pas qu'on ferme la lumière. Elle laisse donc la porte et la lumière ouvertes. L'enfant se recouche. Une heure plus tard, Annie repasse. L'enfant est toujours immobile dans son lit, les yeux ouverts. Anxiété manifeste.

Premiers jours en famille d'accueil extrêmement difficiles. L'enfant est terrorisée. Elle passe plusieurs heures par jour couchée dans son lit, les mains pressées sur les oreilles. Elle réagit fortement à tous les bruits. Crises de panique lorsque les sons sont puissants. Très grande anxiété au coucher. Réagit très négativement à la présence des hommes adultes. Très peu de participation à la vie familiale. L'alimentation est aussi problématique. L'enfant mange très peu, s'étouffe souvent. Le poids est nettement sous la normale. Aucune parole prononcée depuis son retrait du domicile familial.

Louise D'Amours considéra sa feuille en mordillant son crayon. Elle en était arrivée au point le plus délicat : les recommandations. Que fallait-il faire de cette enfant ? Où diable devait-elle l'envoyer ? Aucune famille d'accueil n'accepterait un cas aussi lourd. Et il y avait également le poids, très en deçà des normes pour cet âge. Cette petite aurait probablement besoin de soins spécialisés. Elle prit le téléphone et appela un copain psy, celui qui était venu à bout de la mère. Peut-être réussirait-il à l'éclairer sur ce qu'il conviendrait de faire. Elle lui proposa d'aller prendre un café. Une heure et deux cafés plus tard, elle avait une réponse.

Recommandations : Après consultation du psycho-
logue Michel Daoust, nous suggérons le placement tem-
poraire de l'enfant à l'unité L'Envol de l'Hôpital Rivière-
des-Prairies. La ressource est spécialisée dans les problèmes
psychiatriques. Le ratio éducateur-enfants est peu élevé, ce
qui permettra une prise en charge adéquate de l'enfant, qui
représente un cas très lourd. Après une évaluation de trois
mois, le portrait psychologique et psychiatrique de l'enfant
sera plus clair et nous pourrons faire de nouvelles recom-
mandations quant à un placement permanent.

3

La prof

Monique Dupuis était assise sur l'une des chaises du coin lecture de sa classe. Marie avait pris l'autre. La classe était petite, mais bien aménagée, dans l'esprit de la réforme scolaire. Pas de petits pupitres en rangs ici : des coins d'apprentissage, des tables où les enfants s'assoyaient à quatre ou cinq.

Au premier coup d'œil, elle jugea que Monique Dupuis était une bonne prof. La femme de cinquante-cinq ans, grande, mince, immenses yeux verts, voix très douce, enseignait depuis trente ans à Saint-Mathieu. Elle avait vu l'école se vider progressivement et était en quelque sorte revenue à l'époque d'Émilie Bordeleau et des classes multiniveaux. Elle avait vingt-cinq enfants dans sa classe, de la première à la troisième année. Ils venaient tous de Saint-Mathieu.

— Vous voulez parler de Sarah, dit Monique Dupuis sur le ton de l'évidence.

Marie expliqua son projet.

La prof soupira.

— Vous savez, toute cette histoire a été très pénible pour moi. Après son passage dans ma classe, j'ai pris cette enfant sous mon aile. C'est à cause de moi qu'elle est allée au collège. Je me suis sentie… responsable, dit l'enseignante.

Elle avait la gorge nouée.

— Mais ce que vous faites a du sens. Pour d'autres enfants. Ailleurs. Alors, je veux bien vous parler.

— Parlez-moi de la première fois que vous avez vu Sarah, dit Marie.

Sarah Michaud avait fait son entrée dans la classe de Monique Dupuis à la maternelle. À l'époque, elle avait une classe de maternelle, première et deuxième.

La petite était très timide. Elle s'exprimait peu. Jouait souvent seule dans son coin.

Elle avait été une élève sans histoire jusqu'au jour où Monique Dupuis apporta en classe un jeu d'éveil mathématique. Un nouveau concept. Des pièces de formes biscornues à emboîter selon un modèle. D'abord à plat, puis en hauteur.

Ce jour-là, tous les enfants de la maternelle avaient essayé le jeu. La plupart avaient réussi un ou deux assemblages. Les problèmes n'étaient pas faciles, avait rapidement compris Monique Dupuis.

Sarah Michaud avait été la dernière à s'asseoir devant le jeu. Comme les autres enfants de la classe étaient alors en pause lecture — les plus vieux faisant office de tuteurs pour les plus petits — Monique Dupuis s'était assise avec Sarah, parce qu'elle voulait coter la difficulté des différents problèmes.

Elle avait vu avec stupéfaction la petite réaliser les casse-tête à un rythme effréné. Les cubes étaient assemblés comme par magie par les petites mains de l'enfant. En une demi-heure, elle avait fait tous les problèmes de la première section. Monique Dupuis lui présenta la seconde, où les pièces devaient être assemblées en hauteur, pour former une tour. Il fallait placer les pièces aux bons endroits si on voulait préserver l'équilibre de la structure.

Sarah avait monté sa première tour en moins de cinq minutes.

Marie écrivait frénétiquement dans son carnet. Elle souligna la phrase de l'enseignante. *J'avais vraiment l'impression d'avoir un phénomène devant moi.*

Une fois la classe terminée, Monique Dupuis avait pris la petite à part.

— J'aimerais que tu restes un peu avec moi dans les prochains jours après la classe. Je voudrais qu'on fasse d'autres jeux ensemble. Est-ce que ça t'irait ?

La petite accepta avec un grand sourire.

Le soir même, Monique Dupuis appela la mère. Elle lui dit qu'elle irait elle-même reconduire Sarah à la maison après cette petite période scolaire supplémentaire. La mère consentit sans poser de questions.

Monique Dupuis passa un autre coup de fil ce soir-là. Elle téléphona à une psychologue, une amie, qui évaluait parfois des enfants dont les parents désiraient une dérogation scolaire. Elle lui parla de son cas. Son amie voulut bien lui prêter une panoplie de tests d'aptitudes mathématiques.

73

Ainsi armée, l'enseignante s'assit avec son élève deux jours plus tard. Après une heure, elle fit le bilan. Sarah Michaud, cinq ans, connaissait instinctivement le principe des unités, des dizaines et des centaines. Elle était capable de faire des opérations mathématiques. Additions, soustractions. Elle arrivait à faire des multiplications et des divisions simples. Elle comprenait le principe de la racine carrée. Avec les grilles de la psy, Monique Dupuis estima que l'enfant était de niveau 5e année en mathématiques.

Elle nota aussi le plaisir manifeste que l'enfant avait eu à accomplir ces réalisations.

Surdouée, écrivit Marie. Elle souligna deux fois.

Monique Dupuis s'était donc retrouvée avec un génie des maths dans sa classe. Elle ne savait pas très bien comment gérer cette situation. Elle en parla au directeur de l'école.

Le jeune directeur dynamique qui avait pris en main cette école de village, un établissement qu'il considérait comme un tremplin pour sa carrière, vit en Sarah Michaud l'occasion de s'illustrer, raconta Monique Dupuis à mots couverts.

Un génie issu d'une école de village, se dit Marie. Un bon coup pour un ambitieux.

Après avoir demandé conseil, il organisa des séances de tutorat pour l'enfant après les heures régulières de classe. Pendant tout son primaire, Sarah Michaud absorba des leçons particulières de mathématiques. En six ans, elle fit son primaire et une bonne partie de son secondaire en maths.

— À la fin du primaire, qu'est-ce qu'elle réussissait à faire?

Monique Dupuis eut un petit rire.

— En cinquième année, nous l'avons chronométrée en calcul mental. Elle était arrivée à diviser un nombre entier à cinq chiffres par un nombre à deux chiffres. En onze secondes.

Pour les autres matières, cependant, le portrait était bien différent. Malgré les efforts acharnés de Monique Dupuis et de Martine Samson, la jeune prof qui hérita de Sarah pour les trois dernières années du primaire, la petite restait très moyenne en français.

— Moyenne comment? demanda Marie.

Monique Dupuis alla fouiller dans son bureau.

— J'ai gardé un texte qu'elle m'avait écrit à la fin du primaire, dit-elle en rougissant légèrement.

Le texte était en fait une carte de vœux, sur laquelle on voyait une petite fille qui tenait un ballon. À l'intérieur, Sarah avait écrit son message.

Merci Mme Dupuis pour m'avoir montrer les maths.
C'est grace à vous que je suis devenu bonne. Vous êtes
comme ma 2e mère. Je vous aime beaucoup.
Sarah

Trois fautes en deux lignes. Sarah Michaud était loin d'être un génie de la grammaire. Mais le texte était probablement normal pour une élève de sixième année très moyenne en français, soupira intérieurement Marie.

75

— Et sur le plan social, comment étaient ses relations avec les autres enfants?

— Sarah n'était pas une enfant très sociable, répondit l'enseignante. Elle aimait être seule. Mais elle jouait régulièrement avec une ou deux fillettes dans la cour, toujours les mêmes. Elle n'était pas, disons, rejetée. Plutôt ignorée. Mais ça ne lui causait pas vraiment de problèmes. Honnêtement, durant tout son primaire, elle a semblé assez heureuse.

— Et c'est vous qui avez fait les démarches pour son admission au privé?

Monique Dupuis marqua une pause avant de répondre.

— Oui. J'ai pensé que c'était le meilleur endroit pour cette enfant. On allait pouvoir la pousser, là-bas, lui donner un programme de maths très enrichi. Mais j'avais peut-être perdu de vue d'autres aspects de cette école.

— Comme?

— Vous savez, Rivière-aux-Trembles est une petite ville assez snob. Vous verrez par vous-même, se borna à répondre Monique Dupuis.

Elle allait ajouter autre chose, hésita, puis se tut.

Collège snob, nota Marie. Elle assortit la note d'un point d'interrogation.

— Les démarches pour son admission ont-elles été difficiles?

— En fait, mon directeur a contacté son homologue du collège. Sarah présentait des résultats tellement… surprenants en mathématiques qu'ils ont accepté de passer par-dessus le reste. Elle avait réussi de justesse le test d'admission, à cause de ses lacunes dans d'autres matières. Mon rôle a été de lui trouver une bourse. Ses parents n'auraient jamais pu payer le collège. Vous les avez rencontrés. Vous avez vu où ils vivent. Et vous connaissez l'histoire de cette enfant.

Les yeux verts de l'enseignante étaient remplis de pitié.

4

Le psychiatre

Rapport d'expertise psychiatrique
Nom : Marie-Lune Provencher
Sexe : F
Âge : cinq ans

    Rencontré la mère de l'enfant le 24 mars 1980, en urgence. Délire schizoïde. Obsessions religieuses. En phase de psychose aiguë. Pas de médecin traitant. Internement immédiat aux soins intensifs hôpital Louis-H. Lafontaine. Risque élevé de suicide. Ordonnance : Haldol 20 mg. Refuse d'abord de prendre les médicaments. Injections pendant une semaine. Après entretien avec un psychologue (Michel Daoust de la DPJ), elle accepte.

    Premières observations sur l'enfant le 30 avril 1980.

    Crise à l'entrée dans le bureau. L'éducatrice de l'unité L'Envol (Maryse Gendron) doit effectuer intervention physique. L'enfant se calme après un moment, mais ne parle pas. Aucune surdité diagnostiquée. Elle évite le regard. Retard moteur important. Trouble du sommeil. Anxiété importante sous tous les aspects de la vie.

Hypothèses diagnostiques : psychose infantile. Risque élevé de déficience intellectuelle.
Ordonnance : somnifères en cas de besoin.

Le psychiatre posa son crayon. Il n'y avait pas grand-chose à prescrire à une telle enfant. Pauvre petite fille. Enfermée pendant cinq ans avec une mère psychotique qui se croyait l'envoyée de Dieu. La petite avait vécu à l'intérieur d'une toile de Dalí. Tous les sujets déformés, en miroir, malsains, dangereux. Elle avait découvert le monde et la vie à travers les yeux malades de sa mère, qui l'avait modelée à son image. Peu d'espoir pour cette enfant, se dit le psychiatre. Elle demeurerait pendant plusieurs mois à l'hôpital Rivière-des-Prairies, puis, comme elle n'avait aucune famille, elle serait probablement institutionnalisée pour la vie. Il lui serait impossible d'intégrer une famille d'accueil, pas avec toutes ces carences. Elle était un cas beaucoup trop lourd. La psychiatrie moderne et la psychanalyse étaient les deux seuls espoirs pour éviter à cette enfant un sort semblable à celui de sa mère. Si d'aventure elle avait une intelligence normale, ce dont il doutait, elle devrait rapidement entreprendre une analyse majeure afin de déterminer comment sa mère avait bloqué son évolution, quels conflits intérieurs étaient à la source de ces symptômes. Mais pour l'instant, Marie-Lune Provencher était parfaitement à sa place à l'hôpital Rivière-des-Prairies, se dit-il.

Heureusement que l'hôpital s'était associé aux services sociaux pour ouvrir cette unité réservée aux enfants qui avaient un diagnostic psychiatrique, pensa le docteur. C'était son idée. Il n'aimait pas beaucoup la perspective de travailler sous l'autorité de la Loi sur la protection de la jeunesse, un nouveau bidule promulgué trois ans plus tôt par le gouvernement Lévesque. Mais bon, cette collaboration avec la nouvelle Direction de la protection de la jeunesse, créée il y a tout juste un an, avait valu de nouveaux fonds à l'hôpital. C'était le plus important. Et, en fin de compte, à titre de directeur de l'unité, c'était lui, le patron.

Le psychiatre relut son rapport sur le cas Provencher. Devrait-il y mentionner le traitement de la mère? Peut-être, se dit-il. À Saint-Jean-de-Dieu, qui venait tout juste d'être rebaptisé Louis-H. Lafontaine, Jeanne Provencher avait d'abord été confinée dans la cellule d'isolement à cause du risque de suicide. Impossible d'attenter à ses jours. Après deux semaines, le Haldol l'avait assommée. Elle avait cessé de vouloir se tuer.

Mais aucune pilule n'était venue à bout de ce délire religieux. Elle répétait toujours la même histoire. Marie-Lune, enfant de Dieu, lui avait été confiée pour une mission divine. Elle était l'élue. Sortie de chez elle, l'enfant allait dépérir et mourir. Elle seule savait quels soins lui prodiguer.

Elle affirmait pouvoir communiquer avec elle par télépathie. En entrevue, elle avait tenté de faire une démonstration de ce « don » au psychiatre. Elle s'était penchée vers lui en le regardant intensément.

— Vous voyez, avait-elle déclaré placidement après une dizaine de secondes, nous avons communiqué.

Le psychiatre nota la date du prochain rendez-vous pour la petite Provencher. Six mois plus tard. *27 novembre 1980.*

5

La directrice

Marie considérait d'un air dubitatif le tas de papiers disposé devant elle. Sur les feuilles, il y avait des graphiques, avec des bulles qui s'avalaient l'une l'autre. Des carrés verts, jaunes, rouges. Des flèches, des « niveaux », des « mesures disciplinaires », des « intervenants » et des « étapes d'intervention ».

La directrice du Collège Notre-Dame-des-Sept-Douleurs, montures rouges solidement en place sur le nez, avait entrepris d'expliquer à la journaliste le plan contre l'intimidation que l'école avait conçu cinq ans plus tôt.

Sur la page de présentation du document, lequel faisait vingt-cinq pages, on voyait le dessin d'un petit castor. Dans sa patte, il tenait un marteau. *Un barrage solide, voici notre cible*, déclamait-il dans une bulle de bande dessinée. C'était le slogan qu'avait adopté le collège pour son plan, sur lequel plusieurs personnes avaient probablement planché pendant des semaines.

Depuis qu'elle était entrée dans cette pièce, il y avait

une bonne demi-heure, la directrice avait tourné chaque page, lui avait studieusement fait la lecture de son contenu. Le cœur du plan, les « mesures disciplinaires », se résumait ainsi. Au niveau 1 de l'intimidation, le harceleur recevait un « avertissement verbal », pouvait-on lire dans une case teintée de vert. Une flèche liait cette première boîte à une boîte teintée de jaune. Sur la flèche, deux mots : comportement répétitif. On passait donc au niveau 2, le jaune, avec sa conséquence : activité d'apprentissage social, réparation et appel téléphonique aux parents. Autre flèche, autre comportement répétitif, autre carré, rouge, celui-là. Niveau 3 : activité d'apprentissage social, perte de privilège et communication avec les parents. Au bout du niveau 3, une nouvelle flèche avec, de nouveau, le fameux comportement, décidément très répétitif. Un dernier carré, blanc celui-là — on avait dû être à court de couleurs. L'« équipe stratégique » s'occupait des cas qui avaient dépassé le niveau rouge.

Marie imagina les gens de l'équipe stratégique comme des agents secrets suréquipés de gadgets, à la *Mission impossible. Your mission, should you accept it...*

Elle interrompit la directrice sèchement.

— Et où en était rendu le cas Sarah Michaud dans ce graphique ?

— Au niveau jaune, répondit la directrice après une légère hésitation. Nous avions rencontré ses parents, ainsi que ceux de, eh bien, des personnes intimidatrices. Mais vous savez, ce cas n'était pas simple, parce qu'il entrait dans la catégorie de l'intimidation indirecte.

— Pardon ?

— Il y a quatre sortes d'intimidation, déclama Michèle Granger, qui reprit avec bonheur le rythme rassurant de son cours théorique. L'intimidation physique, l'intimidation psychologique, la cyberintimidation et le harcèlement sexuel. Sarah Michaud était victime de, eh bien, de ce qu'on pourrait ranger dans la catégorie de l'intimidation psychologique.

— Ce qui veut dire ?

— Si vous prenez la page 12 du document, poursuivit la directrice sans s'occuper de sa question, vous pouvez voir que l'intimidation psychologique est plus pernicieuse que l'intimidation physique et qu'en conséquence il est plus difficile pour les intervenants scolaires de la repérer et de la contrer. Il y a deux ans, nous avons présenté aux élèves une pièce de théâtre sur ce thème. Ils ont été invités à poursuivre les exercices en classe d'éthique et culture religieuse. Des jeux de rôles, très intéressants, d'ailleurs.

Marie imagina les ricanements et les pitreries qui avaient probablement accueilli, en classe, les saynettes « éducatives » suggérées par la troupe de théâtre. Elle soupira et relança la directrice.

— Vous ne répondez pas à ma question. Qu'est-ce qui se passait concrètement à l'école avec Sarah Michaud ?

— Eh bien, si vous prenez l'exemple de la page 9, qui ressemble un peu à celui de Sarah, on voit précisément la façon d'intervenir que j'ai suggérée au personnel. Il y a deux points. 1. Décrire à l'élève le comportement en des termes clairs. 2. Intervenir, en transmettant à l'élève un message de respect.

Marie n'en pouvait plus. Elle ferma son carnet brusquement, faisant voler la page de couverture du document. Le petit castor et son marteau quittèrent la table et se posèrent sur le plancher.

— Madame la directrice, on va se parler franchement. Rien de ce qui va se dire maintenant ne pourra être cité. Expliquez-moi clairement, je vous en prie, ce qui s'est passé avec Sarah Michaud. Et, je vous en prie, laissons de côté ce document.

Affichant un air blessé, la directrice ramassa la page du petit castor. Elle la replaça sur les autres, dont elle fit un tas bien net. À ce stade de l'entrevue, son parfum, que Marie avait baptisé *Humus n° 5,* avait envahi le bureau. L'odeur verte et douceâtre dominait leur entretien et elle convenait parfaitement. Après tout, cette femme, directrice d'un établissement d'enseignement pour adolescents, se préparait à la faire entrer dans la jungle rampante et dangereuse qui couvre toute école secondaire.

La directrice enleva ses lunettes. Marie rouvrit son carnet et se prépara à prendre des notes.

— Les problèmes de la petite Michaud ont commencé à peu près au milieu de son secondaire 1, commença la directrice.

Intimidée pendant trois ans, écrivit Marie.

— Elle a été prise en grippe par un groupe d'élèves, issus de, eh bien… (La directrice hésita.) Je veux que vous me garantissiez que les propos que je tiens ne se retrouveront jamais dans le journal, ni sous mon nom, ni sous un autre, dit-elle en regardant le carnet. Cela est totalement confidentiel. Je vous le dis seulement pour votre compréhension des faits.

— Vous avez ma parole.

NE PAS CITER, écrivit-elle en grosses lettres, isolant cette partie d'un trait net.

— Il y a actuellement au collège un groupe d'élèves, eh bien, issus des bonnes familles de Rivière-aux-Trembles. Des notables de la ville, des gens qui font partie du conseil d'administration de notre fondation. Ces élèves se connaissent depuis toujours, ils ont fait leur primaire ensemble dans un autre établissement privé et ils n'aimaient pas Sarah Michaud. Leurs actes d'intimidation n'étaient jamais directs. Elle n'a jamais été frappée ou quelque chose du genre. Non, c'était plutôt de l'exclusion, des mauvaises blagues.

— Pourquoi l'avaient-ils prise en grippe?

— Je l'ignore, avoua la directrice.

— Mais n'avez-vous pas fait de rencontre avec les élèves en question?

— Oui, répondit la directrice. Ils ont minimisé les actes. Ils ont prétendu que c'était fait simplement pour rire, qu'ils n'avaient rien contre la petite Michaud. Et je dois dire qu'après que nous avons communiqué avec leurs parents les comportements ont semblé s'estomper. En tout cas, c'est ce que j'entendais de la part du personnel.

Intimidation cesse au milieu du secondaire 3, écrivit Marie. Elle assortit la note d'un prudent point d'interrogation. Ce serait à vérifier.

— Quand a eu lieu cette rencontre?

— Après Noël de l'année dernière.

— Mais qu'est-ce qui s'est passé entre le secondaire 1 et le secondaire 3 pour Sarah?

La directrice remit ses lunettes et reprit le plan du petit castor.

— Eh bien, nous en étions au niveau 1…

— Stop, s'écria Marie. Pas de plan. Qu'est-ce qui s'est passé dans les faits?

— Nous faisions de notre mieux, dit piteusement la directrice. Mais nous n'arrivions pas à mettre le doigt sur le bobo. Nous n'arrivions jamais à des faits précis, qu'on aurait pu reprocher aux jeunes. Et jamais Sarah Michaud ne s'est elle-même plainte de ces actes. Il était difficile pour nous d'intervenir.

— Si je comprends bien, dit Marie d'un ton dur, Sarah Michaud a végété pendant deux ans au niveau vert alors qu'elle était bel et bien victime d'intimidation.

— Eh bien… on pourrait voir les choses ainsi, dit la directrice en regardant la table.

Elle enleva de nouveau ses lunettes et se massa la tempe droite.

Il n'y avait rien de plus à tirer de cette femme. Alors, Marie osa poser la question qui lui brûlait les lèvres.

— Quel parfum portez-vous?

6

Le psychologue

Michel Daoust considéra l'enfant qui se trouvait de l'autre côté de la table, où était posée une maison de poupée, avec des meubles et des personnages miniatures. Femmes, hommes et enfants des deux sexes. Plusieurs petits accessoires, divans, tapis, baignoire, toilettes, grands lits et lits jumeaux. Michel Daoust regardait Marie-Lune Provencher, cinq ans, jouer à la poupée.

À son arrivée à l'unité, il y avait cinq mois, l'enfant aurait été incapable de lui parler. Il lui avait fallu plusieurs semaines pour sortir d'une catatonie quasi totale. Elle évoluait dans l'unité comme un fantôme. Faisait ce qu'on lui disait de faire. Mais la plupart du temps, elle était immobile et silencieuse. Sauf lorsqu'elle entrait en crise. Les premiers temps, les éducatrices avaient passé de longues heures assises par terre pour la maîtriser. Après un moment, elles avaient compris que l'enfant réagissait aux sons. Tous les sons un peu puissants la plongeaient dans cet état de panique incontrôlable. Dans une unité où vivaient cinq autres enfants, disons que la chose n'était pas idéale.

Mais elle avait eu ses crises de panique les plus graves à la vue des hommes. À sa première rencontre avec Michel Daoust, elle avait d'abord hurlé pendant une bonne demi-heure. Puis elle s'était accrochée au cou de l'éducatrice, une prise en forme d'étau qui ne souffrait aucune contradiction. Elle était restée sur les genoux de l'éducatrice durant toute la durée de la consultation.

Et puis, un soir, il y avait eu un déclic. L'éducatrice de service ce samedi-là supervisait le bain de Marie-Lune. La petite était la dernière à passer à la salle de bain : les autres enfants étaient déjà couchés. Maryse Gendron avait donc tout son temps. Elle avait fait couler un bain à la petite en mettant beaucoup de mousse. Marie-Lune y était entrée prudemment, en prenant bien soin d'abord de toucher les bulles. Maryse s'était assise par terre et l'avait regardée manipuler la mousse avec fascination. L'éducatrice fit spontanément ce qu'elle faisait avec son propre fils, qui avait à peu près le même âge. Elle se mit de la mousse sur le bout du nez et fit une grimace ridicule. La petite la regarda, saisie. Maryse se remit de la mousse, en forme de barbe, cette fois, et renchérit dans le comique.

Marie-Lune fut stupéfiée pendant quelques secondes. Puis, le clown à bulles provoqua enfin l'effet recherché. La petite rit. Un curieux rire rauque, éraillé. Elle mit tout de suite sa main sur sa bouche, surprise d'avoir elle-même émis ce son.

Maryse lui mit de la mousse sur le nez et sortit un petit miroir. La petite rit encore. Cette fois, la main resta dans le bain.

Il avait fallu plus d'une semaine, ensuite, pour lui

tirer un nouveau son. Un écureuil, dans la cour, avait attiré son attention. Elle avait produit un nouveau bruit rauque qui avait écorché les oreilles des éducatrices sur l'étage, mais qu'elles avaient salué à grand renfort de félicitations. La petite avait eu un très faible sourire.

L'affreux son avait été suivi de plusieurs autres. Un jour, elle avait réussi à articuler péniblement son premier mot. Maryse. Un premier mot et une première marque d'amour pour un autre être humain.

Chez elle, le soir, Maryse Gendron avait pleuré.

L'orthophoniste de l'hôpital avait diagnostiqué une sous-stimulation majeure des muscles de la gorge. Pendant cinq ans, la petite n'avait jamais parlé, et son régime alimentaire, très pauvre, était composé en bonne partie d'aliments mous, faciles à mâcher. Elle n'avait jamais fait l'exercice normal de mastication de la nourriture. Pour faciliter l'apprentissage du langage, elle lui avait prescrit une série d'exercices où la petite devait faire des grimaces, mastiquer exagérément, mâcher de la gomme en claquant des mâchoires.

Même après qu'elle eut appris à articuler les mots, il avait fallu un certain temps à Marie-Lune pour comprendre la fonction du langage. Elle répétait simplement les phrases qu'on lui disait, en écholalie. Lorsqu'on lui posait une question, elle répondait par la même question.

— Veux-tu aller aux toilettes, Marie-Lune?

— Veux-tu aller aux toilettes, Marie-Lune? répondait la petite.

En fait, cette enfant était atypique, se dit le psychologue. Les premiers tests avaient démontré qu'elle était à la limite de la déficience intellectuelle. Cependant, le personnel avait rapidement observé qu'elle appréciait énormément les livres d'histoires.

Dans les jours qui avaient suivi son arrivée à l'unité, l'enfant avait découvert la petite bibliothèque où l'on rangeait, près du sofa, quelques livres d'enfants. Du poste de garde, une infirmière l'observait. Elle était tombée sur Peter Pan. Elle s'était assise sur le sofa et avait passé au moins vingt minutes à regarder la couverture. Peter Pan, Wendy et, bien sûr, la Fée Clochette. Elle était d'une immobilité totale. L'infirmière avait fini par aller voir si tout allait bien.

Marie-Lune, tirée d'une intense concentration, l'avait regardée. Un curieux regard. Il y avait toujours énormément d'inquiétude, voire de détresse, dans ces yeux, mais aussi, tout au fond, une lueur de contentement. Comme si quelque chose lui avait fait plaisir. Mais quoi? Curieux, se dit l'infirmière.

La fillette avait pointé le doigt vers la Fée Clochette.

— C'est la Fée Clochette. L'amie de Peter Pan, avait dit l'infirmière.

Marie-Lune était partie dans sa chambre avec le livre. Elle avait découvert, par la suite, que le livre pouvait être lu par quelqu'un. Qu'il racontait une histoire. Elle avait écouté avec stupéfaction la séance de lecture d'une éducatrice. Depuis, ce livre lui avait été lu des dizaines de fois. Marie-Lune voulait toujours Peter Pan.

Jusqu'à ce qu'elle découvre cet autre livre, *Léo le Roi lion*. C'était l'histoire d'un lionceau courageux et de son papa le roi de la jungle. Celui-là aussi, on le lui avait lu et relu. Un matin, Maryse était arrivée à l'hôpital avec un lion en peluche. L'animal, beige, doux et souriant, avait une bande velcro sur le ventre, sur laquelle s'accolait un lionceau. Marie-Lune l'avait baptisé Ti-Lion. Elle l'avait traîné absolument partout avec elle pendant des semaines.

En fait, Marie-Lune Provencher était un cobaye *in vivo* des récentes expériences de Daniel Stern, songea le psychologue. En laboratoire, le psychologue américain avait placé des bébés d'un an devant un homme qui cherchait à lever de petits haltères, sans réussir. Le lendemain, placés eux-mêmes devant les haltères, les bébés avaient parfaitement compris ce qu'ils devaient faire : les soulever. L'expérience avait été répétée avec un robot, qui, lui aussi, peinait à soulever les poids. Le lendemain, les bébés n'avaient plus su quoi faire des haltères. Ils avaient été incapables de « lire » le robot comme ils l'avaient fait avec un visage humain.

Marie-Lune Provencher avait vécu cinq ans avec un robot, une mère au visage impassible qu'il était impossible de décoder. Le regard du parent sur son enfant, essentiel au développement d'un nourrisson, la « relation-miroir » avec sa mère, elle en avait été totalement privée. On ne lui avait jamais parlé, on ne lui avait transmis aucun signe et on lui avait communiqué très peu d'émotions pendant cinq ans. Mais dès le moment où elle avait été mise en contact avec des êtres humains normaux, qui réagissent et expriment leurs états d'âme, elle avait commencé à s'épanouir. Elle avait réappris à vivre. Six mois après son arrivée, ses progrès étaient phénoménaux. C'était un cas à soumettre à une revue scientifique.

Bien sûr, elle était toujours suivie par une batterie de spécialistes. Un professeur particulier allait bientôt venir à l'unité lui faire la classe. Si les choses se passaient bien, en janvier, peut-être, une intégration très progressive dans les classes spéciales de l'hôpital. Elle avait encore un retard important sur le plan langagier, mais aussi sur le plan moteur. Elle s'emmêlait les pinceaux en courant, trébuchait dans les escaliers. Comme les muscles de sa gorge, ses petites jambes avaient été très peu sollicitées, avait constaté l'ergothérapeute. Ses pieds étaient tournés vers l'intérieur. Elle devait porter, une heure par jour, des souliers spéciaux fixés à deux languettes de métal afin de réaligner les muscles.

Dès son arrivée, il avait été évident que jamais cette enfant n'avait mis les pieds dans un terrain de jeux. À sa première visite, elle était restée immobile devant les modules de jeux. Elle avait observé les autres enfants pendant une demi-heure. Puis, elle s'était tournée vers le carré de sable et avait manipulé avec fascination les seaux, les pelles et les tamis.

Le psy avait laissé son esprit dériver. Il revint dans la pièce avec l'enfant. Après tout, il avait une mission à remplir.

— Où est ta maman, Marie-Lune ?

La petite hésita, puis désigna un personnage féminin adulte, entouré de plusieurs enfants. Le personnage était dans la cuisine. Elle jouait avec cette petite poupée aux cheveux bruns depuis le début.

La poupée brune s'appelait Maryse, expliqua la petite.

— Et Jeanne, où est-elle?

La petite le regarda.

— C'est qui, Jeanne?

— La dame avec qui tu vivais avant de venir ici.

La petite prit un autre personnage aux cheveux bruns. Un lit. Elle plaça le meuble et la dame dans une chambre, éloignée de la cuisine. Le reste de la pièce était vide.

Le psychologue expliqua à Marie-Lune que Jeanne s'ennuyait, toute seule dans sa pièce. Qu'elle aimerait avoir de la visite.

— Et si tu allais voir Jeanne?

Marie-Lune le considéra longuement avec ses grands yeux dorés.

— Non, dit-elle.

Le psychologue s'attendait à cette réponse. Il prit une série de pictogrammes pour expliquer à la petite le déroulement d'une visite. Une auto, une salle de jeux, encore une auto, puis retour à l'hôpital.

La petite évalua la proposition.

— Ti-Lion pourra venir?

Depuis un mois, les éducatrices avaient réussi à confiner Ti-Lion dans le lit de Marie-Lune. Mais la visite à sa mère était une circonstance exceptionnelle. Elle avait besoin de tout le soutien possible, y compris celui d'un lion en peluche.

— Oui, répondit-il.

Première visite supervisée aura lieu le 5 septembre 1980, écrivit Michel Daoust dans son carnet.

7

Les profs

Sur les talons de la directrice, Marie traversa à toute allure la grande salle des casiers du Collège Notre-Dame-des-Sept-Douleurs. Elle ne passait pas inaperçue. Tous les élèves la regardaient. Elle pouvait presque sentir, derrière elle, une traînée de murmures. Manifestement, le mot s'était répandu : il y avait une journaliste dans l'école. La salle des casiers orange vif renfermait tous les spécimens de la faune adolescente. *Nerds.* Rebelles. Sportifs. Et une pléthore de jolies filles, qui, brunes, blondes ou rousses, arboraient la même coiffure — cheveux longs, raides, frange asymétrique.

La directrice emprunta un grand escalier entouré de murs vitrés. Marie chercha la rampe du regard. Pas de rampe. Merde. Mais qu'est-ce que c'était que cette école ? En l'absence d'une rampe, elle laissa glisser sa main sur le mur. À l'endroit où il *aurait dû* y avoir une rampe, pensa-t-elle, contrariée.

Au troisième, Marie nota un groupe d'étudiants rassemblés près des marches. Une douzaine de jeunes, garçons et filles. Ils la regardèrent avec des yeux ronds.

La directrice fit son entrée dans une classe où un prof sortait des papiers d'une valise. C'était l'étape 1 de la journée, selon l'horaire qu'elle avait remis à Marie. Le professeur titulaire de Sarah Michaud. Ce genre de visite dans un établissement, quel qu'il soit, commençait toujours par un horaire bien établi, qui finissait rapidement par être chamboulé par les demandes de Marie.

— Madame Dumais, voici Jules Ziegler. Il enseigne le français. Vous pouvez lui parler avant le début du cours. Je vais vous laisser.

Marie s'assit à un pupitre, le prof s'appuya simplement sur son bureau. Ziegler était petit et large, sans taille définie. Il portait son pantalon et sa ceinture beaucoup trop haut. Cheveux bruns, petite moustache, lunettes. Un demi-sourire sardonique imprimé sur le visage.

Parfaitement antipathique, jugea la journaliste.

— Ziegler, amorça prudemment Marie, c'est de quelle origine?

— Je suis suisse, madame, répondit le prof avec un léger accent allemand.

— Vous étiez donc le titulaire de Sarah?

— J'ai eu ce privilège, dit le prof, d'un ton légèrement ironique.

Marie leva un sourcil.

L'entrevue d'une demi-heure avec Jules Ziegler démontra une chose : l'enseignant de français avait une conception toute darwinienne de l'adolescence. Certains jeunes étaient dominants, d'autres dominés. Sarah

Michaud appartenait à la seconde catégorie. Malheureusement, et c'était bien triste, son histoire avait connu un dénouement tragique, qui aurait probablement pu être évité si elle avait eu des parents compétents. Mais, que voulez-vous, quand on vient d'un tel milieu…

Lui-même avait deux enfants, avait-il informé Marie, qui, à l'aube de l'adolescence, étaient parfaitement disciplinés et pratiqueraient au moins deux sports jusqu'à leurs dix-huit ans.

— Mais tout de même, dans le cas de Sarah Michaud, avez-vous tenté de l'aider, de parler à ses harceleurs ?

— Harceleurs, vous y allez un peu fort. Il ne s'agissait que de blagues, d'un goût douteux, je le reconnais, mais rien de violent. Cette histoire a été largement exagérée. En partie par votre faute, les journalistes.

Rien de violent. Marie, incrédule, souligna deux fois l'expression. Elle sortit de la classe, soufflée. La directrice l'attendait dehors.

— Bon, étape 2. Je vous emmène chez Paul Béland, qui est professeur de mathématiques.

En se dirigeant vers le bureau du prof de maths, elle expliqua à Marie que ce prof enseignait les mathématiques en secondaire 5. Compte tenu du talent exceptionnel de la jeune Michaud dans cette discipline, il avait été convenu avec l'enseignant que Sarah suivrait tous ses cours en tutorat avec lui dès le secondaire 1.

— Elle quittait donc la classe pendant les cours de maths.

— Exact, confirma la directrice.

Ils entrèrent. Paul Béland était assis. Il enlevait les bandes élastiques qui enserraient le bas de son pantalon. Son vélo trônait dans son bureau. Il y avait un tableau sur l'un des murs du petit local. Une bibliothèque, bourrée de livres de maths.

Il était maigre et musculeux. Il avait une barbe grisonnante et de petites lunettes. Et des yeux pétillants derrière ses verres.

Une fois la directrice expédiée, il invita Marie à s'asseoir. Il la considéra longuement en buvant dans une bouteille en plastique. Silence.

— Expliquez-moi un peu le but de votre visite.

Marie s'exécuta.

— Et que voulez-vous savoir?

— Commençons par la première fois où vous avez vu Sarah Michaud.

Il afficha un sourire triste.

L'enseignant avait bien sûr rapidement été mis au courant de l'arrivée d'un prodige des mathématiques au collège. Puisqu'il était — et de loin — l'enseignant de mathématiques le plus diplômé de l'établissement, on lui avait proposé d'assurer le tutorat de cette élève durant tout son secondaire. Avant d'accepter, il réclama deux choses : pouvoir étudier son examen d'entrée et rencontrer la jeune. Ce qui fut fait. Son examen révéla un talent certain. Et son entrevue…

— Je pourrais résumer en disant que ça a été une sorte de coup de foudre.

Marie griffonna fébrilement la phrase. *Coup de foudre.* Avec un prof barbu et grisonnant.

— Qu'est-ce que vous voulez dire?

— Eh bien… Comment vous expliquer…

Soudain, il la regarda fixement.

— Madame Dumais, combien donne un dollar divisé par une demie?

— Pardon? dit la journaliste, prise de court, le crayon en l'air.

— Un dollar. Divisé par une demie. Ça fait combien?

Marie avait toujours été moyenne en maths. Un dollar divisé par une demie. Non, ça ne donnait pas 50 cents. Ça, c'était divisé par 2. Elle tenta frénétiquement de se rappeler comment on divisait les fractions. Elle crut se souvenir qu'il fallait multiplier en inversant la fraction. Une fois 2 . Donc, 2. Mais non, c'était impossible. Un dollar fractionné ne pouvait pas donner plus d'argent au bout du compte. Il y avait un piège.

— Ça donne 2. Mais pas des dollars.

— C'est quoi, alors, si ce n'est pas des dollars?

— La vraie réponse, c'est 2. Mais ça ne marche pas dans la vraie vie, avec des dollars.

— Ça fait des maths pas tellement utiles dans la vie, alors.

Le prof se leva et prit une craie.

— Comment en êtes-vous arrivée à ce résultat?

— En multipliant la fraction inversée. Ce n'est pas ça qu'il faut faire?

— Oui, c'est exactement ça, en gribouillant l'opération au tableau. Vous avez procédé comme l'immense majorité des gens, y compris les élèves du secondaire.

Même ceux qui ont de très bons résultats en mathématiques se bornent généralement à appliquer des formules. Appliquer des formules en maths, c'est l'équivalent d'apprendre une langue en lisant le dictionnaire, sans trop savoir pourquoi on apprend tous ces mots. Cet apprentissage est limitant. Dans le dictionnaire des maths, on vous a appris au primaire qu'une division était un partage. Forcément, en toute logique, la réponse doit être plus petite que le chiffre de départ. Mais ça ne fonctionne pas avec les fractions.

— Honnêtement, je n'ai jamais été forte en maths, dit Marie.

— Vous n'avez pas besoin d'être forte en maths. Un enfant de première année est habituellement bien meilleur en mathématiques qu'un élève de secondaire 1. Pourquoi ? Parce qu'on ne lui a pas encore appris de formules. Pour résoudre un problème mathématique, il fait d'abord appel à sa créativité. En début d'année, je pose toujours le problème suivant à mes élèves de secondaire 1 : « Une corde mesure 2 mètres à une heure. Combien mesurera-t-elle à 3 heures ? » La plupart répondent 6 mètres. Un enfant de six ans dira tout de suite que l'heure ne change rien à la longueur de la corde. Sarah Michaud, elle, avait une créativité mathématique instinctive. Elle n'appliquait pas de formules. C'est rare. Dès les premières questions que je lui ai posées, je l'ai constaté. Et c'est pour ça que je vous dis que ça a été un coup de foudre.

— Que lui avez-vous demandé ?

— Je lui ai posé un problème que je soumets souvent à mes étudiants à la maîtrise, à l'université. « Un tournoi de tennis compte 100 joueurs. Les joueurs jouent en simple. Ils sont éliminés après une partie perdue. Combien de parties faudra-t-il pour trouver le gagnant ? » La plupart des étudiants tentent de résoudre le problème de façon analytique. Cinquante joueurs jouent contre 50 autres, donc 50 parties, 50 joueurs éliminés. À 25, ils frappent un nœud. Il faut laisser un joueur sur le côté pour la prochaine ronde, ça devient compliqué. Ceux qui sont créatifs, comme Sarah, résolvent facilement le problème avec le raisonnement suivant : il faut éliminer 99 joueurs. Chaque fois qu'une partie est jouée, il y a un perdant. Donc, pour éliminer 99 joueurs, il faut 99 parties.

Marie était bouche bée.

Paul Béland éclata de rire.

— À voir votre air, j'ai l'impression d'être un Templier sous Philippe le Bel.

— Pardon ?

— Au Moyen Âge, même à l'université, on n'enseignait que les additions et les soustractions. Pourquoi ? Parce qu'on utilisait des chiffres romains. Pour faire des multiplications ou des divisions, il fallait aller à l'université en Espagne. Parce que là-bas, ils utilisaient les chiffres arabes. Les Templiers, de retour de leurs croisades, ont ramené avec eux les chiffres arabes et la comptabilité. Parce qu'ils savaient faire des choses avec les chiffres que personne ne savait faire, on les a accusés de pratiquer la sorcellerie. Ils ont été brûlés.

Marie rit. Elle aurait bien aimé avoir ce gars-là comme prof au secondaire.

— Et pourquoi Sarah avait-elle cette… créativité mathématique?

— Je l'ignore. Si vous demandez à mes collègues qui enseignent au secondaire à quoi sert la matière qu'ils enseignent, la plupart ne savent pas quoi répondre. Sarah, elle, avait spontanément compris que les maths, c'est la vie réelle. C'est ce qui nous sert à comprendre le monde dans lequel on vit.

Paul Béland et Sarah Michaud avaient donc poursuivi leur idylle scientifique à raison de trois périodes par semaine, depuis près de trois ans. L'élève progressait à un rythme phénoménal.

— Elle aurait été une grande mathématicienne, dit le prof.

En s'entendant parler au passé, il se prit la tête dans les mains.

— Mais qu'est-il arrivé avec elle? demanda Marie en s'avançant sur sa chaise.

— Ils ne l'ont pas lâchée pendant deux ans et demi, résuma le prof, d'un ton dur.

— Qui ça, «ils»?

— La bande à Florence Dugré.

Le Collège Notre-Dame-des-Sept-Douleurs était divisé en castes précises et quasi insurmontables, lui expliqua le prof en phrases hachées et concises. Chez les hindous, ce sont les brahmanes qui trônent au sommet de la hiérarchie des castes. Au collège, les brahmanes, c'était la bande à Florence Dugré. Tous des fils et des filles de notables aisés, qui habitaient le centre historique de la petite ville et se connaissaient depuis qu'ils étaient petits.

Et à la base de cette hiérarchie, les intouchables de Notre-Dame-des-Sept-Douleurs, c'étaient les élèves qui venaient des villages éloignés. Pour la plupart des fils et des filles de cultivateurs. Dès son entrée au collège, le rang de Sarah Michaud avait été clair. Tout en bas.

— Dans chaque niveau, l'un de ces élèves qui vient des petits villages est pris pour cible par le groupe dominant. C'est ce qui est arrivé à Sarah. Lorsqu'elle entrait ici, dans cette pièce, poursuivit-il en faisant un petit geste circulaire, elle était une reine. Et dès qu'elle en sortait, elle redevenait un ver de terre que tout le monde prenait plaisir à piétiner.

— Et ça a duré près de trois ans ?

— En fait, c'est curieux, mais tout semblait terminé depuis quelques mois. Et j'en étais très heureux.

Une rencontre avait eu lieu avec les jeunes harceleurs et leurs parents, raconta Paul Béland. Les jeunes s'étaient excusés. Ils avaient promis de s'amender. Ce qu'ils avaient fait. Durant les mois qui avaient précédé son suicide, jamais Sarah Michaud n'avait semblé si heureuse.

— Alors, comme vous imaginez, je n'ai pas compris. Et je m'en suis voulu. Comment n'ai-je pas pu lire dans la tête de cette jeune, que je côtoyais, que j'aimais comme ma fille, qu'elle songeait à se tuer ?

Sa voix s'étrangla.

Marie laissa Paul Béland avec sa craie, son tableau, ses livres et sa peine. En quittant le bureau, encore sous le coup de l'émotion générée par l'entrevue, elle faillit heurter un jeune Asiatique.

— Vous êtes madame Dumais? Heureux de vous rencontrer. Je suis Thanh Nguyen. J'enseigne l'anglais ici.

Sa poignée de main était franche et chaleureuse. En jetant un rapide coup d'œil à son horaire, Marie vit que le jeune enseignant n'y figurait pas. Elle suivit son instinct.

— Auriez-vous quelques instants?

À cause de son nom étranger et de ses lunchs un peu spéciaux, Thanh Nguyen avait lui-même été victime d'intimidation à l'école secondaire. Il avait repéré Sarah Michaud dès le début de son secondaire 2. Classe 202.

— Elle était totalement éteinte, résuma-t-il. Elle longeait les murs. Elle aurait voulu rentrer dans le plancher.

Un mois après le début des classes, le prof avait demandé à ses élèves de présenter un exposé oral sur le sujet de leur choix. Une équipe d'élèves avait préparé un texte en apparence neutre, qui racontait des banalités, mais qui manifestement contenait un certain nombre de blagues sous-jacentes puisque certains passages avaient déchaîné l'hilarité du groupe. Tout le monde avait ri, sauf Sarah Michaud, qui avait rougi. Thanh Nguyen avait compris ce jour-là qu'il y avait un problème dans la classe 202.

L'autre épisode était survenu deux semaines plus tard. L'enseignant était assis à son bureau, attendant que ses élèves aient terminé la lecture d'un texte pour leur poser quelques questions. Sarah Michaud était assise au troisième rang, penchée sur son livre. Une autre élève s'était levée, et, passant à côté du pupitre de la petite Michaud, lui avait touché l'épaule. Un curieux geste. Peu amical, avait constaté le prof.

— Monsieur, est-ce que je peux aller aux toilettes ?

Rires étouffés dans la classe.

Thanh Nguyen avait considéré la fille avec suspicion. Il n'avait aucune raison de refuser.

Quelques instants plus tard, même manège. Un autre élève s'était levé et s'était cogné contre le pupitre de la petite Michaud.

— Est-ce que je peux aller aux toilettes ?

Le même jour, à l'heure du dîner, le prof avait accroché au passage une élève de la 202, qu'il connaissait bien et qu'il appréciait. Il l'avait conviée dans son bureau et lui avait posé carrément la question.

— Qu'est-ce que c'est que cette histoire de toilettes ?

L'élève s'était tortillée sur sa chaise, visiblement mal à l'aise.

— Qu'est-ce que vous voulez dire ?

— Tu sais très bien ce que je veux dire.

L'élève avait hésité. Puis, elle avait vidé son sac en une seule phrase.

— Quand quelqu'un touche Sarah Michaud ou ses choses, il doit aller se laver les mains.

Le prof avait été stupéfait.

— Mais pourquoi ?

— Pour rien, c'est comme ça. Personne ne l'aime, avait répondu l'élève.

Nouveau tortillement. Cette fille savait très bien que

tout ça était mal. Et pourtant, elle suivait le mouvement. Un mouvement imprimé par la leader de la 202, avait rapidement découvert le prof d'anglais.

Marie écrivait à toute vitesse. Elle espérait être capable de se relire.

— Et cette élève, dit-elle sans relever la tête, c'est Florence Dugré?

Il resta interdit.

— Mais comment savez-vous ça?

Florence Dugré. Marie encercla le nom deux fois.

— D'autres ont mentionné ce nom. Et que s'est-il passé ensuite?

Il sourit de toutes ses dents.

— Ensuite, je me suis fait plaisir.

Au début du cours d'anglais suivant, le prof avait envoyé Sarah Michaud faire des photocopies. Les exercices à remettre la semaine suivante, un document de trois pages, agrafé. Le temps d'enlever les agrafes, de faire les copies des trois pages et d'agrafer chaque document, Sarah Michaud avait passé vingt bonnes minutes à la photocopieuse. Cela avait laissé amplement le temps à l'enseignant de faire ce qu'il estimait devoir faire. Il avait commencé brutalement.

— Cette fille, qui vient de sortir, vous ne l'aimez pas. Vous avez le droit de ne pas l'aimer. Mais vous n'avez pas le droit de la ridiculiser.

Sa diatribe avait été dure, sauvage. Il y avait mis tout son cœur d'ancien intimidé. À la fin de son discours, la plupart des élèves avaient la tête basse. Tous, sauf Florence Dugré et quatre ou cinq jeunes de sa bande. Florence avait les bras croisés et une lueur amusée dansait dans son œil.

— Et ça a marché ?

— Ça a marché pour l'histoire des toilettes. Mais pas pour le reste. Ils ont continué, mais ils ont fait très attention de ne laisser rien paraître devant moi. J'ai essayé de parler à Sarah. Dans ces cas-là, croyez-moi, il faut se défendre, il faut se battre. Et Sarah Michaud refusait de se battre.

En sortant du bureau, Marie vit la directrice qui la cherchait.

— On va être en retard pour votre prochain rendez-vous, dit la directrice d'un ton accusateur.

— Justement, j'aimerais ajouter une rencontre, si c'est possible. Je voudrais parler à Florence Dugré.

8

L'éducatrice

Maryse Gendron était debout, derrière une porte percée d'une fenêtre. Elle contemplait la pénombre d'une chambre d'enfant. Une couette à motifs de bulles recouvrait le lit étroit et, aux fenêtres, il y avait des rideaux assortis. Une veilleuse en forme de soleil diffusait une lumière jaunâtre, projetant sur le mur l'ombre d'une petite main dressée.

La journée avait été longue pour Marie-Lune Provencher, cinq ans. Et à l'issue de cette journée bien remplie, la petite s'était blessée à la main, pincé le doigt dans le tiroir d'une armoire de rangement. Marie-Lune n'avait pas voulu déposer sa main blessée dans l'eau chaude du bain. Elle l'avait tenue hors de portée de la serviette. Et maintenant, elle était couchée dans son lit, enfouie sous la couette, mais sa main blessée se dressait, droite comme un *I,* émergeant des bulles blanches sur fond bleu. À la lumière de la veilleuse, sa main et ses doigts se découpaient sur le mur, comme une petite étoile de mer qui se serait échouée ici, à l'unité L'Envol de l'hôpital Rivière-des-Prairies, par une improbable soirée d'automne.

Maryse Gendron était debout derrière une porte et regardait tout cela. Après quelques instants, l'étoile de mer replia doucement ses pointes et quitta la scène en un gracieux mouvement circulaire. Maryse attendit un peu, puis ouvrit la porte le plus délicatement possible. Elle fit quelques pas prudents en direction du lit, question de récolter la récompense de sa journée : voir Marie-Lune dormir. La courbe douce du front blanc. La petite forêt des cils. Les joues encore rosies par la chaleur du bain.

Après quelques instants, elle quitta la chambre. Du travail l'attendait.

Elle se rendit dans le poste de garde du personnel de L'Envol. Deux bureaux, derrière de grandes fenêtres faites de verre incassable. Des classeurs. Des tonnes de papiers.

Le poste de garde était le refuge des éducatrices et des infirmières. La vie dans l'unité, où l'on trouvait pour l'instant six enfants, mais qui pourrait éventuellement en accueillir douze, n'était pas de tout repos. Ces enfants étaient les cas les plus lourds des services sociaux. L'Envol était le bout de la ligne, le terminus, là où débarquaient tous les cas d'enfants de moins de dix ans dont personne n'était en mesure de s'occuper.

Outre Marie-Lune Provencher, il y avait David et Patrick, tous deux atteints d'autisme de Kanner. Julie, déficiente intellectuelle, régulièrement agitée par des crises inexpliquées. Et les jumeaux Deschênes, deux cas d'école de syndrome d'alcoolisme fœtal.

L'unité était sous l'autorité du psychiatre Jacques

Lévesque, qui venait, trois fois par an, évaluer les progrès des enfants. On pouvait également avoir une consultation extraordinaire si la situation l'exigeait. Les ressources de l'hôpital en matière d'orthophonie, d'ergothérapie, de physiothérapie et de pédiatrie étaient à la disposition des petits pensionnaires.

Le psychologue Michel Daoust, qui relevait de la Direction de la protection de la jeunesse, visitait régulièrement la ressource, puisque les enfants qui y étaient hébergés étaient sous la tutelle légale de la jeune DPJ. En plus du personnel médical, des éducateurs s'occupaient des enfants au quotidien.

Dans la toute récente unité, il y avait une salle à manger, où les enfants prenaient leurs repas, mitonnés par la cuisine centrale de l'hôpital. Il y avait un salon, avec des fauteuils et un gros téléviseur. Le samedi matin, la musique de Bagatelle retentissait, et les six marmots regardaient *Le Petit Castor, Candy, Les Pierrafeu, Goldorak,* et aussi *M. Magoo,* éternel distrait, myope comme une taupe, qui se foutait dans tous les pièges possibles et imaginables. Il y avait de grandes fenêtres incassables et une porte qui donnait dehors, qu'on tenait toujours verrouillée.

À droite du poste, il y avait un couloir, avec une grande salle de bain, deux cabines de toilettes et une baignoire. Puis, les chambres, en enfilade de chaque côté du couloir. Toutes meublées de la même façon. Un lit. Une table de chevet. Une couette avec des bulles blanches sur fond bleu, don de la fondation de l'hôpital. Une petite chaise droite. Les portes étaient lourdes, percées d'une fenêtre. Elles pouvaient être verrouillées, théoriquement, mais ne l'étaient pas souvent en réalité. En cas de crise, des gardiens de sécurité pouvaient débouler en un clin d'œil. Ils emmenaient l'enfant dans une salle capitonnée, afin qu'il fasse sa crise sans se blesser. La salle, bien mal nommée, s'appelait L'Oasis.

Maryse Gendron était donc dans l'aquarium du poste de garde et rédigeait le rapport d'une journée importante dans la vie de Marie-Lune Provencher. Maryse était fatiguée, mais elle savait qu'elle devait écrire ce rapport, tout de suite, quand la journée était encore fraîche dans sa mémoire.

Maryse s'attabla devant la feuille intitulée « Rapport des éducatrices ». Elle écrivit sans discontinuer pendant les vingt minutes suivantes. Les mots lui venaient facilement. Et il y avait beaucoup à dire.

À leur arrivée au lieu de la visite supervisée, dans les locaux du centre-ville des services sociaux, Jeanne Provencher était déjà là. Elle était assise dans la petite pièce remplie de jouets où se rencontraient parents et enfants, sous l'œil attentif de plusieurs spécialistes, dont certains observaient la scène derrière une vitre sans tain. Michel Daoust était derrière la vitre. Maryse Gendron était entrée en tenant Marie-Lune par la main. Depuis qu'ils étaient descendus de l'auto, la fillette était nerveuse. Elle était pâle, respirait vite, et tenait très fort la main de Maryse.

Jeanne Provencher était assise sur une petite chaise, à côté d'une cuisinette d'enfant. Elle portait une robe grise. Ses longs cheveux ramenés en chignon. Ses yeux s'étaient posés sur Marie-Lune, qu'elle regardait intensément.

Pas un mot. Personne ne bougeait.

Maryse avait attendu quelques secondes, puis avait brisé le silence.

— Viens, Marie-Lune, on va aller voir maman.

La petite s'était arrêtée au milieu de la pièce. Elle ne bougeait pas. Elle fixait la grande femme.

Jeanne Provencher s'était tournée vers Maryse. Elle lui avait parlé sur un ton égal.

— Chut. Vous ne savez pas comment agir avec cette enfant ? Il ne faut pas lui parler. Elle doit être préservée.

Maryse Gendron avait pris place en soupirant.

— Je crois que nous devrons parler de tout cela, madame Provencher.

Marie-Lune avait refusé de s'approcher de la chaise de sa mère pendant de longues minutes. Elle avait progressé lentement vers la table. Puis s'était tenue debout à côté de Maryse. Et, finalement, était allée s'asseoir à côté de Jeanne Provencher.

Sur sa chaise, la petite était raide comme un piquet. Sa mère lui avait touché les cheveux, que Maryse avait soigneusement brossés ce matin. Elle avait examiné le jeans et le petit pull avec une moue de désapprobation. Elle avait sorti un sac de sous la table et en avait extirpé une robe et une brosse à cheveux. Elle avait fait un geste qui signifiait à l'enfant d'enfiler la robe.

Marie-Lune avait regardé Maryse. Maryse avait hoché la tête. L'enfant s'était déshabillée et avait enfilé la robe. La mère lui avait brossé les cheveux et fait des tresses.

Elle l'avait ensuite prise par les épaules et l'avait fixée. La petite ne faisait rien. Elle était comme absente, comme ailleurs.

Au cours des quarante-cinq minutes qu'avait duré la visite, jamais Jeanne Provencher n'avait serré son enfant dans ses bras. Elle ne l'avait pas prise sur ses genoux. Elle n'avait pas prononcé un mot non plus. Lorsque Marie-Lune avait fait mine de se lever pour aller jouer, elle lui avait fait non de la tête. Elle lui avait fait signe de s'asseoir sur une chaise, entre elle et Maryse. Elle lui avait donné un livre à lire. Elle l'avait regardée qui regardait le livre.

Puis, elle avait fait signe à Maryse de sortir et avait quitté la pièce avec elle. Marie-Lune était restée seule.

Là, derrière la porte, après s'être assurée qu'elle était bien fermée, elle s'était tournée vers Maryse.

— De quoi voulez-vous que nous discutions?

— Eh bien, avait répondu Maryse, de tout, en fait.

Jeanne Provencher n'avait pas du tout été contente lorsqu'elle avait connu les conditions de vie à l'unité L'Envol.

— Madame Provencher, lui avait expliqué l'éducatrice, ne pas parler à Marie-Lune, ça n'est pas une bonne chose. Elle a beaucoup de retard au point de vue du langage et c'est dû au fait que vous l'avez élevée en silence. Elle doit savoir parler, et pour parler, il faut entendre d'autres gens parler.

— Vous ne comprenez pas. Vous ne comprenez pas.

Jeanne Provencher s'énervait. Elle criait. Ses joues étaient rouges. Maryse avait jeté un coup d'œil dans la fenêtre de la porte. Marie-Lune avait levé la tête.

Heureusement, Michel Daoust était arrivé en renfort. Le regard de Jeanne Provencher s'était éclairé. Elle reconnaissait l'envoyé divin.

— Madame Provencher, venez avec moi. Nous allons discuter dans une autre pièce. Mais avant, voulez-vous dire au revoir à Marie-Lune?

Les épaules de la mère s'étaient affaissées.

— Elle ne repart pas avec moi?

— Je crains que non, avait répondu le psychologue.

L'heure qui suivit avait été l'une des plus difficiles de sa carrière. Aucune lueur de raison ne pénétrait dans la folie religieuse de Jeanne Provencher. À la fin de la conversation, il avait dû lui assener un coup de massue : les services sociaux la considéraient comme inapte à élever un enfant et se préparaient à enclencher des procédures judiciaires pour que Marie-Lune soit placée.

Jeanne Provencher s'était effondrée. Même l'envoyé de Dieu l'abandonnait.

Quant à Marie-Lune, aussitôt sortie de la salle de rencontre, elle avait voulu retirer la robe. Elle l'avait enlevée rapidement dans les toilettes, comme si le tissu la brûlait.

— J'ai mal au cœur, avait-elle dit à Maryse.

Elle avait vomi tout son dîner dans la cuvette.

Maryse lui avait essuyé la bouche avec une serviette en papier. La petite était blanche comme un drap, mais ne pleurait pas. Maryse l'avait prise dans ses bras et l'avait serrée très fort. Elle ne pesait presque rien.

Elle l'avait portée jusqu'à la voiture.

9

Le club des rejets

Marie Dumais était assise à la cafétéria, devant une assiette de pâté chinois. Elle était seule au bout d'une table. Dieu merci, la directrice avait été contrainte de l'abandonner pour régler une urgence. La veille, elle avait dîné à la salle des profs. Mais ce jour-là, ce qu'elle voulait voir, c'étaient les élèves.

Elle avait un journal plié devant elle et faisait mine de lire. En réalité, elle observait la cafétéria illuminée par de grandes fenêtres. Les tables bordées de bancs, entièrement repliables en cas d'événement spécial, étaient remplies d'élèves, dont chacun semblait savoir exactement où s'asseoir une fois son plateau garni.

Extrême est de la cafétéria : c'était la table de la bande à Florence Dugré. Elle était là, assise au centre, telle une souveraine régnant sur sa cour. Marie avait demandé, la veille, à voir sa photo, afin de pouvoir la reconnaître dans les corridors de l'école. Le cliché, pris à l'occasion d'une classe de neige, était magnifique. Florence Dugré y portait un habit de ski dernier cri, entièrement noir, avec parements fuchsia. Elle tenait un tout petit chien dans ses mains en souriant à l'appareil.

Après plusieurs coups d'œil discrets, Marie estima que l'adolescente était encore plus spectaculaire en personne. Une masse de cheveux bruns lisses. Des yeux en amande, une peau légèrement bistrée. Taille de guêpe. Jambes interminables. Une ode à la beauté des brunes.

Sa cour s'étendait sur deux tables, une douzaine de jeunes, filles et garçons mélangés. Il restait quelques places tout au bout de la seconde table, mais Marie avait noté qu'aucun élève ne s'était risqué à s'y asseoir, malgré l'encombrement général de la cafétéria.

À l'autre bout de la cafétéria, extrême ouest, c'était la bande de l'escalier. Marie les avait fréquemment croisés, depuis deux jours. À toutes les pauses, le groupe d'une dizaine de jeunes se rassemblait au troisième, à côté de la cage d'escalier. Ils l'avaient considérée avec une curiosité évidente, mais ne lui avaient pas adressé la parole. Ils étaient tous là, eux aussi répartis sur deux tables. Deux garçons assez grands. Trois filles blondes. Et plusieurs autres.

À sa grande surprise, l'un des garçons se leva et se dirigea vers sa table. Le bruit des conversations, soudain, s'atténua légèrement. Cinq cents paires d'yeux regardaient le garçon tout en prétendant regarder ailleurs. Elle fit semblant d'être absorbée dans la lecture de son journal.

— Madame Dumais?

Marie lui sourit.

— Bonjour.

— Je peux vous parler un instant ?

Elle lui fit signe de s'asseoir.

Le garçon prit place en face d'elle.

— Vous êtes ici à cause de la mort de Sarah ?

— Exact, confirma la journaliste.

— Mes amis et moi aimerions vous parler. Mais pas ici. Pourriez-vous venir chez mes parents, ce soir ? C'est vendredi, mon père ne sera pas là. Mes amis demanderont à leurs parents de venir les reconduire.

Le garçon habitait à Saint-François, à quelques kilomètres à l'est de Saint-Mathieu.

— Pas de problème, dit Marie. À quelle heure ? Et c'est quoi, ton nom ?

Les parents de Maxime possédaient un magasin de meubles à Saint-François. Ils vivaient dans un appartement au-dessus de leur commerce. Quand Marie arriva, après avoir vérifié deux fois le chemin sur le GPS *et* la carte routière, la soirée était bien entamée. Les locaux des Ameublements Saint-François étaient sombres et déserts. Elle sonna. Elle vit, par la vitrine, le garçon passer entre les sofas en cuir et les électroménagers pour venir lui ouvrir.

Elle le suivit le long d'un escalier qui débouchait sur leur logement. En entrant dans le salon, elle jeta un coup d'œil aux photos disposées sur le buffet. Un homme, grand, à moustache, assez séduisant, était photographié avec deux garçons. Maxime avait un petit frère.

— Tes parents sont divorcés ? demanda Marie.

— Ma mère est morte, dit Maxime.

Elle vit tous les membres de la bande de l'escalier assis sur les sofas et sur des coussins par terre. Ils lui avaient laissé un gros fauteuil. Elle s'assit et demanda les noms des douze jeunes avant de commencer. Oh là là, mais comment allait-elle s'y retrouver…

Elle commença.

— De quoi vouliez-vous me parler ?

Maxime et une fille blonde — voyons, comment s'appelait-elle déjà ? se demanda Marie. Ah oui. Catherine — se regardèrent.

— Peut-être qu'on peut commencer par vous expliquer qui on est, dit Catherine. Et comment ça fonctionne à l'école.

La bande de l'escalier était en fait le club des rejets, racontèrent tour à tour Maxime et Catherine. Tous ces jeunes venaient, comme Sarah Michaud, des villages voisins de Rivière-aux-Trembles. Dès leur arrivée en secondaire 1, ils avaient été snobés par la bande à Florence Dugré. Certains d'entre eux avaient essuyé les quolibets de Florence et ses amis. Au départ isolés, dispersés dans toutes les classes, ils s'étaient peu à peu rassemblés, depuis deux ans et demi, pour former un bloc compact. Pour reprendre l'image du prof de maths, ces jeunes étaient de la caste des intouchables du Collège Notre-Dame-des-Sept-Douleurs. Mais ils avaient trouvé, en s'unissant, une façon de survivre et de faire face avec une certaine assurance au groupe dominant.

C'est essentiellement ce que les jeunes voulaient lui raconter. La tyrannie exercée par le groupe de Florence Dugré, qui s'était acharné sur Sarah Michaud. Ça, elle le savait déjà. Ils précisèrent cependant le comment. Les filles, en particulier, puisqu'il apparut rapidement que le passage au vestiaire, avant le cours d'éducation physique, avait été un cauchemar pour la petite Michaud.

Plusieurs groupes-classes suivaient ensemble le cours d'éducation physique. Florence et ses amies étaient donc réunies dans le vestiaire. Elles exhibaient et commentaient leurs sous-vêtements coûteux achetés dans les boutiques. De jolis soutiens-gorge noirs, roses, lilas, des slips en satin et en dentelle. Sarah Michaud, elle, essayait de dissimuler ses dessous conçus pour être pratiques et non pour séduire. Rapidement, Florence l'avait remarqué. Toutes les filles de la bande avaient ri de la petite Michaud, d'abord en conciliabule, puis ouvertement.

— Wow! Ça vient d'où, cette belle brassière-là? Des tiroirs de ta grand-mère?

Marie nota la formulation de Catherine. *Des tiroirs de ta grand-mère?*

À la fin du secondaire 1, il était devenu une tradition hebdomadaire de faire défiler Sarah sur les bancs, en dessous, pour un simulacre de défilé de mode.

Même scénario dans les douches. Les adolescentes prêtaient une grande attention à leur pilosité. Jambes impeccablement rasées, pubis libre de tout poil. Or, personne, chez elle, n'avait pris la peine de renseigner Sarah sur les dogmes de la mode adolescente.

As-tu vu sa touffe? Excellente citation, se dit Marie, malheureusement inutilisable. Jamais elle ne pourrait écrire ça dans le journal. Le patron ferait un arrêt cardiaque.

Lors d'une séance de pomponnage après le cours, durant laquelle les amies de Florence se coiffaient et se maquillaient avec soin, la petite Dugré avait entrepris Sarah d'un ton faussement amical.

— Tu te maquilles pas?

— Non.

— Viens ici, je vais te maquiller, moi.

Elle avait fait asseoir Sarah, avait pris un tube de rouge à lèvres et lui avait couvert le nez de rouge.

— Tiens, comme ça tu vas pouvoir être notre petit clown, notre petite mascotte. Comment on va l'appeler, notre mascotte, les filles?

— Madame Brassière! lança l'une des fidèles de Florence.

Éclat de rire général. Puis, elles étaient parties en remballant leurs trousses à maquillage.

Sarah Michaud avait essuyé le rouge sur son nez. Et ses larmes, aussi.

— Et personne n'en parlait aux profs?

— Non, dit Catherine. Nous, on ne riait pas de Sarah, on ne faisait rien. On se tenait loin de tout ça. Mais on savait que si une fille parlait, c'était elle la prochaine.

— Et vous tous, quelles étaient vos relations avec Sarah Michaud?

Silence. Malaise. Tiens, tiens, se dit la journaliste. Elle attendit.

Une autre fille prit la parole. Justine, se souvint Marie.

— Sarah a voulu faire partie de notre groupe. Mais ça n'a… pas fonctionné.

— Comment ça? demanda Marie.

Elle se prépara à noter.

Le club des rejets avait commencé à se former à la fin du secondaire 1. Justine était dans la même classe que Sarah Michaud. Elles s'étaient fréquentées sporadiquement durant l'année. Justine avait fini par entrer dans la bande de l'escalier grâce à l'un des garçons, qu'elle connaissait depuis l'école primaire. Sarah avait alors commencé à se joindre à eux près de la cage d'escalier.

Florence et sa bande avaient rapidement noté ce mouvement stratégique. Ça leur avait déplu. Si Sarah se joignait à un groupe, elle ne serait plus une proie isolée. Elle allait être moins accessible. Plus défendue.

Ils avaient laissé passer l'été.

En septembre, Florence était reparue à l'école, plus jolie que jamais, bronzée par le soleil du Mexique. Dès la première semaine, elle attaqua. Mathieu, l'un des garçons de la bande de l'escalier, avait eu la malchance d'être dans son groupe-classe. Il avait aussi la malchance d'être plutôt petit et boutonneux.

À chaque occasion, Florence et ses comparses chuchotaient des commentaires désobligeants en passant à côté de lui.

— Face de pizza, va te laver, t'es dégueulasse, tu me donnes mal au cœur, énuméra Mathieu pour le compte de la journaliste.

Après deux semaines de cette torture, Christophe Chartier, l'admirateur le plus fidèle de Florence, le prit à part sur le terrain de soccer.

— Tu veux que ça arrête ? Alors, toi et ta bande, vous larguez Sarah Michaud.

Mathieu avait courageusement continué d'encaisser pendant deux autres semaines. Puis, Florence avait trouvé un nouveau point de pression. Karine. Un autre membre de la bande de l'escalier, qui plaisait à Mathieu. Elle était dans son groupe-classe. Ils s'assoyaient fréquemment côte à côte. Elle était un peu enveloppée, constata Marie en la regardant, assise par terre à côté de Mathieu.

Les chuchotements se reportèrent sur elle.

— Hé, la grosse, quand est-ce que tu te mets au régime, quelle taille tu portes? récita-t-elle à son tour.

Karine avait eu plus de mal à rester zen. Les commentaires la blessaient profondément. Elle pleurait souvent. Et Mathieu était fou de rage.

Christophe le confronta de nouveau au soccer.

— Tu veux que ça arrête? Tu sais ce qu'il vous reste à faire.

Mathieu était déchiré. Il voulait protéger Karine. Mais «larguer» Sarah… ça le répugnait au plus haut point. Il en parla à Maxime. Le problème se répandit à la vitesse de l'éclair, le soir même, à travers MSN. Sarah Michaud n'avait pas encore pris l'habitude de clavarder avec ses nouveaux amis. Mais les autres membres de la bande de l'escalier étaient des habitués du site.

— Et alors? Qu'avez-vous fait? demanda Marie.

Elle était happée par le témoignage. La nature humaine dans toute sa splendeur.

À ce stade de l'entretien, tous les jeunes avaient la mine basse. Plusieurs filles avaient les yeux rouges.

Mathieu prit l'initiative de raconter la suite. Courageux, pensa Marie.

Il apparut rapidement que le groupe était divisé en deux. Ceux qui soutenaient Karine, prêts à donner son congé à Sarah pour protéger l'une des leurs, et les autres, qui résistaient. Parce qu'eux aussi, après tout, ils étaient des rejets.

Ils firent donc ce qui se fait normalement dans une société démocratique : ils votèrent.

Sarah Michaud fut exclue de la bande de l'escalier par une voix de majorité.

— Et que lui avez-vous dit ?

Silence.

— Rien, finit par dire Mathieu. Elle s'en est aperçue toute seule.

Marie accueillit cette réponse en silence. Elle les laissa mariner dans leur honte.

— Je veux juste vous dire, ajouta finalement Mathieu, qu'on s'est vraiment sentis mal quand on a vu ce qui s'est passé avec Sarah. C'est pour ça qu'on a voulu… vous raconter.

— Je comprends, dit Marie.

Et ils restèrent tous là, en silence, dans le salon du père de Maxime. Le soir était tombé, mais personne n'alluma.

10

Le psychiatre, prise deux

Rapport d'expertise psychiatrique
Nom : Marie-Lune Provencher
Sexe : F
Âge : cinq ans
   Premières observations sur l'enfant le 30 avril 1980.
Deuxième rencontre, le 27 novembre 1980.
   L'enfant est accompagnée d'une éducatrice (Maryse
Gendron). Réclame proximité de l'éducatrice, refuse que
cette dernière quitte la pièce. L'enfant demeure calme tout
au long de la rencontre.
   Énormes progrès langagiers depuis première ren-
contre. Un retard demeure. Suivie par orthophoniste. Peut
soutenir une conversation simple. Retard moteur toujours
présent. Suivie par ergothérapeute. Trouble du sommeil
demeure. Anxiété manifeste.

Le psychiatre était renversé par ce qu'il écrivait. En
six mois, cette enfant avait progressé à un rythme phéno-

ménal. À sa grande surprise, elle n'était pas autiste, ni déficiente. Elle avait réussi un score parfaitement adéquat sur l'échelle de la déficience intellectuelle. Le Dr Lévesque devait réviser son verdict sur l'avenir de Marie-Lune Provencher. Peut-être, finalement, pourrait-elle être déplacée vers une autre ressource plus rapidement que prévu. Le Tribunal de la jeunesse devrait bientôt statuer sur son cas.

Chose certaine, la mère était définitivement hors circuit. Elle vivait maintenant dans un appartement supervisé, dans un immeuble qui appartenait à l'hôpital psychiatrique. Son état était contrôlé, mais elle ne pourrait jamais s'occuper adéquatement d'un enfant. Et celle-là méritait vraiment qu'on s'en occupe.

Il reprit son crayon.

Hypothèses diagnostiques : Tableau autiste écarté. Score normal sur l'échelle de déficience intellectuelle. Risque de psychose infantile demeure.

11

Florence Dugré

La directrice était restée interdite quand, dans le corridor du troisième, Marie lui avait dit vouloir parler à Florence. Elle avait exigé que les parents donnent leur accord. Marie avait donc demandé à rencontrer Jean-Charles Dugré. L'entretien avait eu lieu à son cabinet d'avocat. Question d'établir qui était le patron, il l'avait laissée poireauter vingt bonnes minutes dans la salle d'attente.

Marie s'était préparée avec soin à cette rencontre. Jean-Charles Dugré n'avait aucune raison d'accepter qu'elle réalise avec sa fille une entrevue susceptible d'être incriminante. Elle avait donc dû trouver une façon de faire pression sur lui.

Grâce à sa couverture des faits divers et du judiciaire, elle avait tissé de bons liens avec certains avocats. La veille de la rencontre, bien installée à l'hôtel, elle composa le numéro de cellulaire d'une relation. Un avocat, associé d'un important cabinet, qui connaissait bien le milieu. Elle lui avait déjà rendu un gros service par le passé. Le moment était venu d'encaisser le paiement de cette vieille dette.

Il avait répondu tout de suite.

Après quelques bavardages d'introduction, elle avait posé sa question.

— Jean-Charles Dugré, ça te dit quelque chose?

— Pourquoi tu me demandes ça?

Elle avait expliqué la nature de son reportage et le rôle présumé de Florence Dugré.

— Si je veux le convaincre de me laisser parler à sa fille, il va falloir que j'aie… de bons arguments.

L'avocat avait éclaté de rire.

— De très bons, en effet. Laisse-moi faire quelques appels.

L'avocat avait rappelé deux heures plus tard.

— Peut-être pourrais-tu évoquer une affaire qui s'est produite dans la région l'année dernière. Un employé de la Société de l'assurance automobile a été condamné pour avoir illégalement modifié à la baisse le nombre de points de démérite accumulés par de jeunes conducteurs. Il a plaidé coupable. On n'a jamais rendu publics les noms des jeunes en question. Beaucoup de rumeurs ont couru sur leur identité, leurs liens avec des notables locaux. Si tu évoques la possibilité de t'intéresser à cette affaire, Me Dugré pourrait, disons, être plus enclin à se rendre à ta demande. Surtout s'il cherche à nouveau à se faire élire comme député. Il a perdu il y a deux ans, mais tout indique que sa carrière politique n'est pas terminée.

Marie avait souri. Dette remboursée.

Le lendemain, dans le beau bureau de Jean-Charles

Dugré, elle avait parlé de cette affaire tout de suite après le refus de l'avocat de soumettre sa fille à l'exercice de l'entrevue.

Dugré avait pâli.

— Venez chez moi demain à dix-neuf heures. Vous pourrez poser vos questions à Florence. Mais je tiens à être présent.

Elle était donc assise dans un salon meublé dans un mélange agréable de moderne et d'ancien. De vieilles armoires canadiennes et une imposante cheminée de pierre donnaient une touche rustique à la pièce, contredite par les canapés, les tables et les lampes, dont le design était résolument moderne. La maison des Dugré était un grand ouvrage de brique doté d'une tourelle. Au rez-de-chaussée, on dînait dans la tourelle, dans une salle à manger où trônait une longue table de réfectoire. Au deuxième, une fois gravi l'imposant escalier de chêne, ce devait être la chambre des maîtres qui s'étendait entre les murs hexagonaux, supposa Marie.

Le contraste entre cette demeure et la maison de Sarah Michaud était total. Elle le nota.

Jean-Charles Dugré avait pris place dans une bergère près du foyer. Marie était assise dans l'un des sofas et Florence dans l'autre. Elle portait le jeans dont le délavé était soigneusement étudié, ainsi qu'un twin-set rose, qui mettait son teint bronzé en valeur.

— Bon. Voici comment nous allons fonctionner, annonça Me Dugré. Vous allez poser vos questions. Mais si d'aventure je juge que ma fille n'a pas à y répondre, je vous interromps immédiatement. Il est entendu que le tout se déroule dans la plus totale confidentialité. Aucun nom ne sera mentionné.

— Bien, accepta la journaliste. Commençons donc par le début. Vous avez grandi ici, Florence?

Le père et la fille se regardèrent, surpris. Ils pensaient qu'elle allait attaquer de front l'affaire Sarah Michaud. Mais Marie voulait d'abord savoir à qui elle avait affaire.

— Oui, répondit Florence. Dans cette maison.

— Avez-vous des frères et sœurs?

— Non. Je suis enfant unique.

Marie eut la vision fugitive d'une très jolie petite fille habillée en princesse, idolâtrée par ses parents. Cette fille avait tout eu. Facilement.

Au fil des questions, la vision se confirma. Florence Dugré avait grandi dans un cocon de soie. Elle n'avait fréquenté que des écoles privées. Jolie, vêtue à la dernière mode, issue d'une famille riche, elle avait toujours été populaire, entourée d'amis et d'admirateurs qui bavaient à l'idée de faire partie de son cercle.

Il y avait cependant un accroc dans la crinoline de la princesse. Marie l'avait découvert grâce à une question banale. Elle l'avait posée au hasard, comme ça, l'intuition du moment.

— Que voulez-vous faire plus tard, Florence?

— J'aimerais faire mon droit, répondit rapidement celle-ci. Mais…

Elle hésita.

— Mais ses résultats scolaires ne sont pas très bons, compléta son père.

Le ton était dur. Agressif. Il y avait là une zone de mésentente familiale, remarqua la journaliste.

— Vos notes ne sont pas bonnes ?

Elle posa la question directement à Florence.

Cette dernière rougit.

— Je… Non. Pas pour l'instant. J'y travaille.

En disant cela, elle regarda son père. Un air de défi.

Florence avait donc des difficultés scolaires. Des difficultés si importantes qu'elles indisposaient son père. Jean-Charles Dugré avait dû faire jouer ses relations pour que sa fille soit admise au collège, suspecta Marie. D'où son engagement dans la fondation de l'établissement.

— Quand avez-vous rencontré Sarah Michaud pour la première fois ?

Jean-Charles Dugré se redressa sur sa chaise. On entrait dans le vif du sujet.

— Elle était dans mon groupe-classe en secondaire 1. Je l'ai vue le premier jour d'école.

Elle regarda son père, qui la regarda en retour. Réponse acceptable. De l'échange de regards, Marie comprit que le père avait bien préparé sa fille. Sur l'épisode Sarah Michaud, Florence donnerait donc des réponses courtes qui ne l'engageraient pas.

— Et quels ont été vos rapports avec Sarah Michaud durant votre secondaire 1 ?

— Rien de particulier, dit Florence. Elle ne faisait pas vraiment partie de mon groupe d'amis.

Marie sentit la moutarde lui monter au nez.

— Parlez-moi des cours d'éducation physique, Florence. Du vestiaire, avant le cours.

Florence Dugré rougit légèrement. Visiblement, elle n'avait pas deviné que la journaliste était au courant de tous ces détails.

— Qu'est-ce que c'est que cette histoire de vestiaire ? coupa le père.

Marie ne dit rien. Elle attendait la réponse de Florence.

— Eh bien, je… je ne sais pas trop quoi dire. Il me semble que nous avons fait des blagues au sujet de ses vêtements.

— L'histoire du défilé de mode, c'est exact ?

— Mais qu'est-ce que c'est que ces questions ? rugit Jean-Charles Dugré.

— Monsieur Dugré, laissez-moi faire mon travail, dit calmement Marie. Peut-être allez-vous mieux comprendre la nature des relations de votre fille avec Sarah Michaud.

L'avocat, qui se préparait à mettre fin à l'entretien, hésita. Il était partagé, constata Marie avec satisfaction. Il sentait le danger pour sa fille. Mais en même temps il voulait savoir ce qui s'était passé.

Et il y avait aussi, bien sûr, cette damnée affaire de la SAAQ.

La journaliste et l'avocat se mesurèrent du regard. Marie regarda Jean-Charles Dugré avec l'assurance du joueur de cartes qui détient un atout. L'avocat céda.

— Très bien, dit-il.

Florence jeta un regard étonné à son père.

— Oui. C'est vrai.

Pressée de questions, elle dut raconter en détail l'histoire du simulacre de défilé de mode. Les joues de son père avaient pris une belle teinte rouge. Il était furieux.

— Pourquoi elle? Pourquoi avoir choisi de rire de Sarah Michaud?

Florence la regarda. Elle hésitait. Mais sa langue la brûlait.

— Mon nom ne sera pas dans l'article?

— Non, promit Marie.

La réponse fut coupante comme un couteau.

— Quand je suis entrée au collège, tout le monde ne parlait que de ça: une surdouée dans notre école! Les profs nous en ont fait suer un coup avec leur génie. Eh bien, leur génie, elle avait l'air d'un gnome et elle ne savait pas s'habiller. C'était une bouseuse et elle venait d'une famille de débiles.

Elle eut un petit reniflement de mépris. Jean-Charles Dugré était bouche bée.

— Madame Dumais, je... on s'entend sur le fait que vous ne citez pas ma fille là-dessus.

— Bien sûr, dit Marie. Mais je traduirai le fond de sa pensée.

Et le fond de sa pensée, compléta-t-elle pour elle-même, c'était que Florence Dugré était jalouse. Elle crevait de jalousie. Sarah Michaud n'avait aucun ami, elle n'était ni riche ni jolie. Mais elle était brillante. Elle avait exactement ce qui manquait à la jolie princesse.

Au fil des questions suivantes, Florence Dugré décrivit deux ans et demi d'actes raffinés de torture mentale à l'endroit de Sarah Michaud. Elle confirma tout ce que les professeurs avaient raconté à Marie. Les exposés oraux, le lavage des mains. La journaliste évita cependant de poser des questions sur la bande de l'escalier, puisqu'elle aurait ainsi trahi ses sources.

— Et il y a quelques mois, vous aviez eu une rencontre là-dessus avec la direction, non?

— Oui, acquiesça Florence.

Ce que confirma l'avocat Dugré, qui avait assisté à la rencontre.

— Mais jamais on ne nous avait décrit les moqueries avec tant de... précision, ajouta le père, qui jeta un regard mauvais à sa fille. Les parents croyaient qu'il s'agissait de simples blagues.

— Et que s'est-il passé après cette rencontre?

— Nous avons tout arrêté, répondit rapidement Florence.

Un peu trop rapidement, pensa Marie.

— Pourquoi?

— Nous avons réalisé que ce n'était pas bien.

Florence évitait son regard. Il y avait anguille sous roche. Avant même que Marie puisse relancer l'entrevue, l'avocat Dugré, qui lui aussi avait remarqué les signes non verbaux émis par sa fille, mit brutalement fin à l'entretien.

— Bon, ce sera tout, madame Dumais. Je crois que vous avez eu amplement réponse à vos questions, dit-il en grimaçant.

12

La réunion d'équipe

Il y avait le psychologue, la travailleuse sociale et l'éducatrice. Il y avait aussi le psychiatre ainsi que sa secrétaire, chargée de la prise de notes. Cela faisait cinq personnes autour de la table de la salle de réunion. Il était midi. On avait demandé à la cuisine de l'hôpital de préparer un plateau de sandwichs et de crudités.

Le psychiatre mangeait un sandwich aux œufs. Assis au bout de la grande table, il présidait la réunion. La présence d'autant de gens autour de cette table l'indisposait. Normalement, c'est lui, et lui seul, qui aurait dû prendre les décisions dans le cas Marie-Lune Provencher.

Le psychologue était nerveux. On se préparait à prendre une décision importante au sujet d'une pensionnaire qui lui tenait particulièrement à cœur. Depuis un an qu'elle était ici, il s'était attaché à Marie-Lune. Cette petite était spéciale. Très intelligente. En douze mois de traitements divers, elle avait rattrapé une bonne partie du retard accumulé pendant les cinq années qu'elle avait passées sous la garde de sa mère. Elle parlait.

Elle était d'une intelligence normale et, sur le plan cognitif, plus avancée que les enfants de son âge. Le seul retard était sur le plan moteur. Elle était restée maladroite, trébuchait sur un rien. L'autre aspect préoccupant, c'étaient ces crises de panique qui la secouaient périodiquement. Maryse avait souvent tenté de la faire parler, de lui faire dire ce qui l'inquiétait à ce point. Elle avait buté contre un mur. La petite était restée muette. Elle refusait également de parler des années passées avec sa mère. Elle n'en avait jamais dit un mot. Ça, c'était très curieux, jugeait le psychologue. Après un an, l'enfant aurait dû s'ouvrir, évoquer les aspects douloureux de ce qui avait été, après tout, cinq ans passés en prison dans un appartement miteux.

Il regarda autour de la table et vit que tout le monde en était au dessert. Lui n'avait rien mangé.

— Bon, si on commençait ? proposa-t-il avec un grand sourire.

La secrétaire leva son crayon. *Réunion d'équipe, 3 avril 1980,* écrivit-elle.

L'éducatrice fit d'abord le rapport de l'année passée à l'unité. Elle souligna scrupuleusement tous les progrès et tous les échecs de Marie-Lune Provencher. Le psychologue prit la relève avec une analyse psychologique de la petite, où il s'étendait sur le fait qu'elle était muette sur des aspects capitaux de son passé. Puis, tous les regards se tournèrent vers le psychiatre.

Il entama sa propre analyse. Il mentionna lui aussi les progrès stupéfiants de l'enfant, extrêmement carencée au départ. Mais il insista sur la gravité des crises de panique qui pouvaient, croyait-il, être causées par un choc post-traumatique.

Possible choc post-traumatique, écrivit studieusement la secrétaire.

— Et maintenant, pour la suite des choses, je recommande son transfert dans un centre de réadaptation, un milieu qui sera plus adapté à ses besoins qu'un hôpital, dit le médecin.

Le moment délicat est arrivé, songea le psychologue.

— Je crois plutôt qu'on devrait s'orienter vers une adoption, dit-il.

Le psychiatre le regarda comme s'il venait de la planète Mars.

— Allons, allons, dit-il avec un petit rire condescendant, la famille qui aurait la garde de cette enfant aurait tout un contrat sur les bras. Il faut un milieu de vie extrêmement stable. Pas d'autres enfants en bas âge, tout au plus de grands adolescents sans problèmes de comportement. Il faudrait faire comprendre à des gens qui n'ont aucune notion de troubles de santé mentale comment agir avec un grand anxieux. C'est impossible.

— Je crois au contraire que c'est faisable. Nous chercherons une famille. Nous chercherons bien. Et si nous ne trouvons pas exactement ce que nous voulons, nous l'enverrons dans un centre. Mais c'est un deuxième choix. J'estime que cette petite mérite une vraie famille. Elle saura s'adapter, j'en suis sûr. Maryse, qu'en penses-tu?

Maryse avait un enfant du même âge que Marie-Lune. Cet enfant-là n'eût pas existé qu'elle aurait pris la petite chez elle. Elle était devenue sa mère remplaçante depuis un an. Elle aimait Marie-Lune. Mais elle comprenait que sa situation familiale la disqualifiait. Elle l'acceptait. C'était vrai. Marie-Lune avait besoin d'une mère et d'un père pour elle seule.

— Je suis d'accord, dit-elle.

Le psychiatre la toisa. Une éducatrice. Qu'est-ce qu'elle connaissait aux troubles mentaux? Qu'est-ce qu'elle savait des véritables problèmes de Marie-Lune Provencher, de ce qui se cachait dans ce mystérieux petit cerveau, et qui risquait d'éclater si la petite tombait entre des mains maladroites?

— Et comment comptez-vous dénicher cette perle rare? laissa tomber le psychiatre.

Le psychologue prit une grande respiration.

— Nous allons mettre une annonce dans les journaux.

Le psychiatre le regarda comme s'il devait être interné de toute urgence.

— Une annonce dans les journaux? Mais ça ne se fait pas! Comment allez-vous garantir la confidentialité?

— Nous ne donnerons pas de nom et nous resterons assez vagues sur les pathologies, dit le psychologue. Ce n'est pas là une pratique courante, je l'admets. Mais la petite Provencher est un cas exceptionnel. À cas exceptionnel, recours exceptionnel. Il faudrait cependant s'entendre sur les termes que nous utiliserons pour la décrire au grand public.

Le psychiatre était estomaqué. Mais pour qui se prenait-il, ce psychologue?

— Je m'oppose totalement à cette initiative et je tiens à vous dire que j'irai faire état de mes importantes réserves lorsque le tribunal décidera du cas de cette enfant.

Il se leva en trombe et quitta la pièce.

Le Dr Lévesque s'oppose à la proposition, résuma fort justement la secrétaire.

L'équipe passa outre aux réserves du psychiatre. Ses membres consacrèrent le reste de la réunion à débattre des termes de l'annonce.

Isabelle, six ans, cherche une famille, rédigea finalement la secrétaire après maints palabres et plusieurs ratures. *J'ai vécu cinq ans avec ma mère, mais elle est désormais incapable de s'occuper de moi. Je suis une enfant très anxieuse, j'ai souvent besoin d'être rassurée. J'ai besoin que mon papa et ma maman forment un couple stable et n'aient pas, à la maison, d'autres jeunes enfants. Je n'ai pas de retard scolaire. Contactez Michel Daoust, Direction de la protection de la jeunesse.*

Et le numéro de téléphone. Sept chiffres sur lesquels reposaient tous leurs espoirs.

13

La prof, prise deux

Marie Dumais était à son ordinateur, dans sa chambre de l'Hôtel des Trembles. Une chambre tout à fait moyenne, murs beiges, couvre-lit beige, meubles anonymes. Son séjour à l'école achevait. Elle mettait de l'ordre dans ses notes.

Ça n'allait pas, pensa-t-elle. Ça n'allait pas du tout. Il y avait un chaînon manquant dans cette histoire. Ces trois derniers mois, où Sarah Michaud avait été, disaient les témoins, assez heureuse, où les persécutions avaient cessé, ça ne collait pas. Comment en arrivait-on à un suicide après ce qui avait été, somme toute, une délivrance pour la petite Michaud ? Il y avait un trou. Et il fallait qu'elle comble ce trou, sinon ses papiers n'allaient pas tenir debout. Qui diable pourrait l'aider à faire ça ? Pas les parents, ils n'avaient rien vu venir. La directrice était hypnotisée par son baratin sur l'intimidation. Elle avait tiré tout le jus possible de Florence Dugré dans les circonstances. Les amis de la petite Dugré, peut-être ? Il faudrait leur parler demain, décida-t-elle.

Son portable sonna. Elle répondit. C'était Monique Dupuis.

— Madame Dumais? J'espère que votre séjour au collège s'est bien passé. Je… serait-il possible pour vous de passer me voir de nouveau à l'école? J'aurais quelque chose pour vous.

Marie sentit clignoter la petite lumière rouge dans sa tête. Celle qui annonce hors de tout doute une bonne histoire. Elle sauta dans son auto de location et partit en quatrième vitesse pour Saint-Mathieu.

Monique Dupuis l'attendait à l'entrée de l'école.

— Laissez votre auto ici, je vous emmène chez moi.

Sa maison était à deux pas. La prof lui offrit du café. Elle accepta poliment, mais elle ne tenait plus en place.

— Vous vouliez me reparler?

Monique Dupuis la regarda avec ses grands yeux verts. Deux lacs d'eau claire, qui, manifestement, la jaugeaient.

— J'ai entendu parler de votre séjour au collège. Je crois que vous avez fait de bonnes entrevues, dit-elle.

— En effet. Mais quel rapport avec vous?

— Je tiens à ce que vous compreniez bien toute cette histoire.

Elle se leva et se dirigea vers une armoire. Elle en sortit une grande enveloppe.

— J'ai reçu cela hier. Ça vient de Sarah. L'enveloppe a mis beaucoup de temps à me parvenir, parce que la petite s'était trompée de code postal. Elle avait mis le même que chez elle. Le code change de l'autre côté de la grand-route. L'enveloppe s'est un peu promenée, dit Monique Dupuis en la tendant à Marie.

Mauvais code postal, avait-on écrit en rouge au bureau de poste, en travers de l'adresse de l'enseignante.

Marie regarda Monique Dupuis. Elle plongea sa main dans l'enveloppe et en tira un cahier à fleurs roses, avec une serrure-jouet et une clé minuscule. Marie sentit ses poils se dresser sur ses avant-bras. Un journal. Le journal de Sarah Michaud. Elle avait trouvé le chaînon manquant.

— Normalement, je devrais appeler la police. Mais j'ai entendu ce qu'on a dit de vous à Rivière-aux-Trembles. Je vous fais confiance. Alors, je vous le donne. À une condition : avant de publier quoi que ce soit, je veux que vous me promettiez d'en parler aux parents de Sarah. Ils doivent savoir. Je ne veux pas qu'ils apprennent tout ça dans le journal.

Marie promit.

— Est-ce que vous permettez... que je lise maintenant ? dit la journaliste.

Elle n'attendrait pas une minute de plus.

— Bien sûr. Je vous laisse, dit Monique Dupuis. Elle s'en alla dans la cuisine.

Il fallut une demi-heure à Marie pour lire le journal en entier. Certains passages étaient difficiles à déchiffrer, à cause des fautes d'orthographe et de l'écriture tourmentée de Sarah Michaud.

Quand elle referma le cahier à fleurs roses, elle avait les larmes aux yeux. C'était trop, pensa-t-elle. Elle enfouit son visage dans ses mains. Lorsqu'elle regarda de l'autre côté de la table, Monique Dupuis était assise devant elle.

Les deux femmes se regardèrent longuement.

Puis, la journaliste partit en tenant le journal bien serré contre elle.

Elle retrouva le cinquième rang, au coin du dépanneur. Elle roula jusqu'à la maison mobile de Marie-Ève Tremblay. Elle frappa à sa porte. Marie-Ève et Patrick Demers étaient en train de souper avec leur petite fille, qui lui fit un grand sourire. Elle s'excusa, proposa de revenir plus tard.

Marie-Ève Tremblay refusa tout net.

— Vous avez un drôle d'air. Ça va pas?

— Ça va, dit la journaliste, c'est juste que j'ai une curieuse histoire à vous raconter.

Elle raconta. Puis sortit le journal de son sac.

— J'ai besoin de votre accord pour la publication de ce récit, Marie-Ève. Lisez-le. Et dites-moi si vous acceptez.

La mère pâlit.

— Qu'est-ce qu'il y a là-dedans?

— C'est le récit des derniers mois de votre fille. Je vous laisse le lire. Je repasserai demain.

En arrivant à sa chambre d'hôtel, elle fut incapable de souper ou de dormir. Dans ces cas-là, il n'y avait qu'un remède.

Elle s'installa à son clavier, avec, à côté d'elle, la bouteille de Lagavulin qu'elle avait apportée dans sa valise. Deux onces, précisément.

Times New Roman, 14 points. Double interligne. Le titre écrit en caractères gras. La signature en lettres majuscules, aussi en caractères gras.

14

La famille d'accueil

Michel Daoust était fébrile. Enfin. Enfin, après plusieurs semaines de recherches, ils avaient réussi, contrairement à ce que pensait le psychiatre, à dénicher la perle rare. Malheureusement pour le Dr Lévesque, songea-t-il en souriant intérieurement, ils étaient tombés sur la juge la plus anticonformiste du Tribunal de la jeunesse. Elle avait écouté d'une oreille attentive les arguments du psychologue, axés sur des travaux récents concernant le trouble de l'attachement, et considéré avec scepticisme l'austère docteur et ses objections de médecin. La juge avait entendu la mère. Elle avait aussi exigé d'avoir une conversation avec l'enfant. La décision était tombée rapidement : la DPJ était autorisée à entreprendre des démarches pour trouver une famille d'adoption à Marie-Lune Provencher. Si on ne trouvait pas dans un délai de trois mois, la fillette serait transférée dans un centre.

C'était la première fois que les services sociaux plaçaient une annonce dans le journal afin de trouver une famille à un enfant. Personne ne s'attendait aux dizaines de coups de fil qui avaient rapidement suivi la parution. La secrétaire des services sociaux avait été débordée pendant des jours.

Michel Daoust avait personnellement rappelé tous ceux qui s'étaient manifestés. La plupart étaient éliminés après une simple conversation téléphonique. Soit les gens n'avaient aucune idée de ce que signifiait recevoir chez eux une enfant issue des services sociaux, soit leur situation familiale ne convenait pas. Il avait poliment rejeté nombre de mères monoparentales, de couples infertiles désireux d'adopter un enfant et de familles ayant déjà des enfants en bas âge. Après trois jours d'appels infructueux, sa frustration commençait à grandir.

Et soudain, après deux semaines, lorsque les appels se firent plus rares, il trouva le filon. Un couple de Montréal. La dame était infirmière dans un hôpital pour enfants. Parfait. Elle savait s'y prendre avec les enfants. L'homme était propriétaire d'un atelier de reliure. Ils étaient tous deux dans la quarantaine, mariés depuis vingt ans. Ils avaient une fille de quinze ans. C'est elle qui avait vu l'annonce dans le journal et en avait parlé à ses parents. Ils en avaient discuté et désiraient obtenir davantage d'informations. Charmé par la voix calme de la femme au téléphone, Michel Daoust les convoqua à une rencontre. Tous les trois.

Cette rencontre, qui eut lieu dans une salle de réunion de l'hôpital, lui apporta une immense satisfaction. Ces gens étaient exactement ce qu'il cherchait. Ils n'étaient pas désespérément à la recherche d'un enfant, ils avaient déjà une fille. Ils n'étaient pas non plus des missionnaires engagés dans une croisade de la bonté. Ils étaient simplement désireux d'aider, du mieux qu'ils pouvaient. Ils avaient eu de la chance dans la vie, avait résumé le père, et voulaient redonner un peu de ce qu'ils avaient reçu. Leur fille était très mûre pour ses quinze ans, sans problèmes particuliers. C'était une étudiante douée.

Deuxième rencontre fixée au 23 avril 1981, écrivit-il dans ses notes.

Cette deuxième rencontre devait se dérouler en présence de Maryse, chargée d'expliquer à la famille qui, précisément, était Marie-Lune Provencher. Maryse était nerveuse, constata Michel Daoust au début de la réunion. Elle regardait le couple et leur fille avec une intense curiosité.

L'éducatrice commença par expliquer aux parents dans quel genre d'environnement la petite avait vécu les premières années de sa vie. La famille était stupéfiée.

— Sa mère ne lui parlait jamais? demanda madame.

— Non. C'était une sorte de délire religieux. La petite devait être préservée de la parole humaine, dit Maryse.

Et elle enchaîna sur les progrès réalisés par l'enfant depuis sa prise en charge par les services sociaux. Elle termina par la situation actuelle. Elle se força pour tracer un tableau objectif de l'enfant. Cet exposé était une marche sur un fil de fer : il fallait éviter de décourager la famille, tout en ne « vendant » pas Marie-Lune à tout prix.

Elle commença par les points positifs. Marie-Lune avait une intelligence normale, elle avait surmonté de grands obstacles avec succès, c'était une enfant attachante, même si elle mettait du temps à se laisser apprivoiser. Elle était capable de socialiser avec les autres enfants. Le passif, maintenant. Ses crises de panique, plus rares, mais toujours présentes, qui risquaient de se multiplier avec un changement si important dans sa vie. Son anxiété dévorante, qui la paralysait souvent au coucher. Son mutisme sur son passé, qui compliquait la thérapie. Maryse conclut avec le plus gros os.

— Et, évidemment, on ne peut pas exclure qu'elle développe des troubles mentaux graves. Sa mère a un diagnostic provisoire de schizophrénie. C'est parfois héréditaire.

L'homme et la femme se regardèrent.

— Bon. C'est clair. Maintenant, il va falloir qu'on y pense, dit monsieur.

Mais la femme avait quelque chose à ajouter.

— Pourrions-nous voir une photo de cette enfant ?

Maryse avait prévu le coup. Elle sortit du dossier qui était devant elle le plus beau cliché de Marie-Lune. Un tuteur privé était venu à l'hôpital, quelques semaines auparavant, afin de s'assurer que l'enfant possédait les aptitudes scolaires pour son entrée en première année. Sur la photo, on la voyait à la table de la cuisine. Elle tenait une feuille devant elle, un dessin avec beaucoup de couleurs. Une maison. Ses cheveux bruns étaient sagement nattés. Elle souriait en montrant son œuvre. Son chandail marron à petites fleurs brodées faisait ressortir ses grands yeux dorés. Pour Maryse, elle était à croquer.

C'est l'effet qu'elle fit aux deux femmes de la famille,

qui s'extasièrent sur la fillette. Le père, lui, fut plus circonspect.

Lorsque la famille quitta le bureau du psychologue, Michel Daoust et Maryse Gendron se regardèrent.

— Prions, dit le psychologue. Il n'y a rien d'autre à faire.

La femme rappela une semaine plus tard. La famille voulait rencontrer Marie-Lune.

— Et qu'en pense votre mari?

— Il est d'accord. Il veut la voir en personne.

Troisième rencontre prévue pour le 4 mai 1981, nota le psychologue.

Le 4 mai au matin, Marie-Lune Provencher se leva très tôt. Elle savait qu'il y avait une rencontre, ce jour-là. Maryse lui avait dit qu'il s'agissait de gens des services sociaux, qui venaient la voir. La petite avait observé que, lui racontant tout cela, qui étaient ces gens, où aurait lieu la rencontre et ce qui s'y passerait, Maryse, qui était normalement d'un calme absolu, manifestait une légère tension. Le matin du jour dit, l'éducatrice était présente à son lever. Marie-Lune avait remarqué le soin particulier que Maryse avait mis à sa coiffure et au choix de ses habits.

Dans la pièce, il y avait une femme, grande, peau rousselée, cheveux blond-roux ondulés. Des lunettes ovales. Une toute petite bouche qui souriait. Un homme, maigre, sec, aux cheveux totalement blancs et aux yeux très bleus. Lui ne souriait pas. Il y avait aussi une jeune fille aux cheveux blonds, qui avait les mêmes yeux que l'homme.

Elle attendit sans dire un mot.

Après les salutations d'usage et les présentations, la rencontre démarra lentement. Personne ne savait très bien quoi faire. L'adolescente brisa la glace en s'adressant à Marie-Lune.

— Il paraît que tu as appris tes lettres ?

La petite hocha la tête.

— Je t'ai apporté un livre, dit la grande. Veux-tu qu'on le lise ensemble ?

Elle sortit de son sac un gros livre de contes.

— Quand j'étais petite, c'était mon livre préféré. C'est mon père qui me l'a donné. Il l'a relié lui-même. Il est relieur. Mon histoire préférée, c'est *La Petite Fille aux allumettes*. Est-ce que tu la connais ?

Marie-Lune fit non de la tête.

— Viens, on va s'asseoir.

La jeune fille montra le vieux divan, dans un coin du bureau du psychologue.

Elles ouvrirent les pages. Marie-Lune déchiffra quelques lettres, à la demande de Catherine. La grande commença la lecture. Elle lisait avec fluidité. Les adultes les regardèrent lire en prétendant parler d'autre chose.

Marie-Lune était happée par l'histoire. Pauvre petite fille, pensa-t-elle. Qui a froid et qui a faim. Et surtout, toute seule. Abandonnée. Cette dernière pensée produisit un inconfort particulier. Toute seule. Comme elle, avant. Avant Maryse et Michel et David et Patrick et les jumeaux. Avant, elle était seule dans le noir. Un peu comme la petite fille de cette histoire. Elle se demanda ce que ça aurait fait de craquer une allumette dans le réduit de la salle de bain, là-bas, chez *elle*. Elle écarta rapidement ce souvenir désagréable et se concentra sur le visage de la grande qui lisait l'histoire. Elle était blonde, ses cheveux retenus en une queue de cheval lâche. Sa peau pâle semblait douce. Elle avait de grands yeux bleus, comme ceux de la Fée Clochette. En fait, elle ressemblait à Clochette, se dit Marie-Lune. Pour la petite, cette pensée surgie de nulle part fut une sorte de révélation. Clochette. Une vraie Clochette, à qui on pouvait donner des bisous, des câlins. Elle pouvait parler, lire des histoires et craquer ainsi une allumette qui chassait le noir.

À la fin de l'histoire, la grande posa le livre à côté d'elle, sur le divan. Elle se tourna vers Marie-Lune. La petite se jeta dans les bras de la grande. La grande, surprise, la serra très fort. Maryse Gendron ne put réprimer un mouvement de surprise. Comment se faisait-il que Marie-Lune, si réservée, adopte si rapidement cette jeune fille ?

La mère avait les larmes aux yeux. Son cœur était gagné. L'homme était plus partagé. Il sentait qu'un chemin s'ouvrait tout naturellement devant sa famille, mais il craignait les embûches. La maladie mentale. Ça, ça lui faisait vraiment peur.

Après un long câlin, la petite prit le livre à côté de Catherine et alla directement voir le père.

— C'est quoi, un relieur ? demanda-t-elle.

Il lui montra la couverture rigide rouge, l'épine.

— Tu vois, moi je pose ça. C'est ce qui permet de bien tenir les pages ensemble.

La petite le fixait de ses curieux yeux dorés. Il y avait quelque chose de particulier dans ces yeux, se dit l'homme. Il y avait de la crainte, mais aussi une faible lueur de satisfaction. Il se plongea dans ces pupilles chaudes et tenta d'y discerner sa vie d'avant, ce monde tordu, cette immense solitude, ce grand silence. Il ne vit rien.

Il s'efforça ensuite de l'imaginer, plus tard. L'image d'une femme aux cheveux courts se matérialisa dans son cerveau. Elle était asociale, solitaire, bourrée de manies, mais pas malade.

Ses doutes furent balayés par cette vision brève.

Il s'accroupit devant la petite.

— Est-ce que tu sais pourquoi on est ici ? demanda-t-il.

III

L'exécution

1

Sarah Michaud

Les articles relatant le calvaire de Sarah Michaud firent grand bruit. Le journal fut inondé de courriels. Plusieurs d'entre eux émanaient d'anciennes victimes d'intimidation, qui déversaient leur souffrance passée en plusieurs paragraphes. D'autres lui disaient avoir pleuré à la lecture de ses papiers. Certains provenaient d'anciens bourreaux. Ceux-ci se repentaient généralement de leurs actes. D'autres ressassaient la théorie à saveur darwinienne du professeur Ziegler. Dominants, dominés, et tout le bataclan. Marie effaça ces derniers sans y répondre. Cette théorie à la con la mettait hors d'elle.

Ces papiers étaient parmi les meilleurs qu'elle ait écrits, pensa-t-elle. Elle avait eu du mal à en commencer l'écriture. Le journal de Sarah Michaud était rédigé dans un langage si cru, si dur qu'elle n'avait pas su, au départ, comment aborder le reportage. Elle avait finalement opté pour l'extrême simplicité dans le récit, après avoir rédigé l'habituel paragraphe destiné à « vendre » le dossier au lecteur : notre journaliste a enquêté, des révélations-chocs, toute la lumière sur l'affaire Sarah Michaud.

Elle avait débuté avec l'élément le plus fort : le récit inédit, contenu dans le journal de Sarah. Plus précisément, la fin du journal. Le chaînon manquant. L'événement qui expliquait que la veille du jour où elle aurait eu seize ans, Sarah Michaud avait choisi de s'enfoncer dans les eaux froides de la rivière qui coulait près de chez elle.

Les lecteurs de *La Nouvelle* avaient donc eu droit au récit détaillé du journal. Dont il ressortait que du mois de janvier au mois d'avril, Florence Dugré et sa bande avaient effectivement laissé la petite Michaud tranquille. Les premières pages du journal racontaient le quotidien d'une jeune fille très solitaire, mais assez heureuse. Elle parlait longuement de ses cours de mathématiques. Elle décrivait plusieurs équations complexes auxquelles la journaliste n'avait rien compris.

Sarah parlait peu de ses parents. En revanche, elle consacrait plusieurs paragraphes à sa petite sœur, qu'elle adorait. Elle racontait les jeux avec la petite, les séances de déguisement. Elle l'emmenait à la bibliothèque municipale. Et elle s'étendait aussi longuement sur l'immense soulagement qu'elle ressentait à l'idée de pouvoir aller à l'école en paix. Elle parlait de ses problèmes en les évoquant au passé.

Cependant, le 15 avril, un événement majeur était survenu. Florence l'avait abordée à la cafétéria. *Elle m'a invitée à un party,* écrivait Sarah.

Cette phrase était suivie de plusieurs points d'interrogation entre parenthèses. Sarah ne savait pas quoi penser de cette invitation. Elle n'avait pas immédiatement donné de réponse à Florence, soulignant qu'elle devait demander l'autorisation à ses parents.

Au cours des jours suivants, elle décrivit dans son journal intime le dilemme qui la taraudait. Que devait-elle faire ? Ne pas y aller serait mal perçu. Y aller… c'était risqué. Comment était-elle censée se comporter avec ces gens ? L'invitation était-elle un piège ? Peut-être pourrait-elle prétexter que ses parents n'étaient pas d'accord ? Non, décida-t-elle, ça faisait vraiment bébé. Elle jongla avec toutes les possibilités jusqu'à ce qu'elle se rende à l'évidence : elle devait y aller.

Elle s'illusionnait ensuite pendant de longs paragraphes. Peut-être Florence l'avait-elle réellement invitée parce qu'elle voulait être son amie. Peut-être était-elle repentante et cherchait-elle à se racheter. Peut-être, après tout, pourrait-elle, elle aussi, faire partie de la bande des maîtres de l'école.

La journaliste avait trouvé cette lecture particulièrement cruelle. Ces phrases, c'étaient celles du papillon attiré par la lumière. Son instinct lui indique le danger, mais il cède tout de même. La tentation est trop forte.

Attirée par la lumineuse Florence, Sarah avait donc accepté l'invitation. Elle avait demandé à Patrick s'il pourrait aller la reconduire chez Florence. Le party avait lieu le premier samedi de mai. Il accepta sans rechigner. Pour le retour, avait-elle décidé, elle prendrait le dernier autobus qui partait de Rivière-aux-Trembles et faisait le tour des villages avoisinants. Il partait à une heure trente du matin. Une bonne excuse pour partir tôt, se dit Sarah.

— Mes parents ne seront pas là, mais je vais essayer de voir avec mon père s'il peut ouvrir le spa avant de partir, avait dit Florence. Apporte ton maillot de bain.

Un spa. Sarah ne s'était jamais trempée dans un spa. En maillot de bain dans une piscine chaude avec certains des plus beaux garçons de l'école. Cette perspective la terrifia. Elle décida qu'elle oublierait délibérément son maillot de bain, qui, de toute façon, ne payait pas de mine.

Les deux semaines suivantes furent remplies d'inquiétude. Sarah avait du mal à se concentrer. Elle faisait des cauchemars. Elle songea à confier son trouble à quelqu'un. Mais qui ? Sa mère ne comprendrait pas, encore moins Patrick. Elle n'avait aucun ami proche à l'école. Sa sœur était trop petite. Mme Dupuis... Mme Dupuis avait quitté sa vie, maintenant. Elle était d'une autre époque. Les lignes d'écoute pour jeunes ? Elle y pensa brièvement, mais rejeta l'idée. C'était trop gênant de se confier à un inconnu. Surtout si c'était un homme.

Le matin du 7 mai arriva donc. Durant toute la journée, Sarah ne tint pas en place. Elle choisit ce qu'elle allait porter. Elle changea d'avis. Elle choisit de nouveau. Changea encore d'avis. Elle demanda à sa mère de lui prêter du maquillage. Essaya de lire, mais en vain. Le party n'était qu'à neuf heures. La journée s'étira très, très lentement. Puis, vint l'heure. Sarah s'habilla. Elle mit son jeans le plus à la mode. Elle emprunta des ballerines blanches et un haut turquoise à sa mère. Elle était un peu gênée par cette couleur voyante, mais bon, c'est ce qu'elle avait trouvé de mieux. Elle disciplina ses cheveux frisés, mit du crayon autour de ses yeux et du mascara.

Patrick frappa à la porte de la salle de bain.

— Sarah, il va falloir y aller.

Elle enfourcha la moto derrière lui et ils se rendirent au centre-ville de Rivière-aux-Trembles. Patrick siffla en voyant la maison à tourelle des Dugré.

— Eh ben. C'est toute une cabane, ça, dit-il admiratif. T'as des amis qu'ont du fric.

Il la laissa sur le trottoir et repartit. Elle prit son courage à deux mains, monta l'escalier et alla sonner à la porte en chêne.

Florence lui ouvrit tout de suite. Elle avait une bouteille de bière à la main. Elle portait une minirobe noire qui la moulait de très près.

— Salut, Sarah! Wow, tu es venue en moto! Veux-tu une bière?

Sarah accepta.

Une quinzaine de jeunes étaient dispersés un peu partout dans la maison des Dugré qui vibrait du dernier hit des Black Eyed Peas. Au salon, les meubles avaient été poussés le long des murs pour dégager une sorte de piste de danse. Les luminaires étaient tous éteints. Florence avait posé des ampoules rouges dans les lampes de table. Dans cet éclairage diffus, Sarah entrevit Christophe et François dans un coin. Dans un fauteuil, la comparse de Florence, Édith, était assise sur les genoux de Julien et l'embrassait langoureusement. Deux filles et deux garçons que Sarah n'avait jamais vus se trémoussaient sur la piste de danse improvisée.

Florence se matérialisa à ses côtés avec une bière.

— Tiens. Viens, je vais te présenter.

Les deux filles étaient les cousines de Florence, les deux garçons étaient leurs petits amis respectifs. Les quatre jeunes dévisagèrent Sarah avec curiosité.

— C'est donc toi, Sarah, dit simplement l'une des filles.

— Hé oui, grommela Sarah.

— C'est le génie de notre école, ajouta Florence en souriant.

Sarah ne sut pas quoi dire. Les quatre jeunes retournèrent à leur danse. Elle se joignit à eux. Elle aimait bien cette musique. Elle but une gorgée de bière et se sentit plus détendue. Peut-être, après tout, que cette soirée serait agréable, se dit-elle.

Après un temps, elle se rendit compte qu'elle avait une envie pressante. La salle de bain du bas, qu'elle trouva derrière la cuisine, était occupée. Elle demanda à Florence si elle pouvait aller en haut.

— Bien sûr. Première porte à droite, lui dit-elle avec un grand sourire.

Sarah monta l'escalier et ouvrit la première porte à droite. Dans ce qui était probablement la chambre de Florence, Julien chevauchait rudement Édith sur le couvre-lit fuchsia. La belle blonde poussait des petits cris. Sarah vit les fesses de Julien qui bougeaient entre les cuisses de la fille. Leurs bouteilles de bière étaient posées sur la commode. Julien se tourna la tête et lui fit un clin d'œil. Sarah ferma précipitamment la porte.

C'est probablement la suivante, se dit-elle. Mais pourquoi m'a-t-elle dit la première à droite ?

Lorsqu'elle revint dans le salon, tout le monde était

assis en cercle. Les jeunes se passaient un joint. Sarah prit place. Elle n'avait jamais fumé. Quand son tour arriva, tout le monde la regardait. Elle prit une bouffée. La fumée lui brûla la gorge, mais elle serait morte sur place plutôt que de tousser. Elle passa le joint au suivant.

Christophe était assis à côté d'elle.

— Eh ben, Sarah, on dirait que c'est pas la première fois que tu fais ça. Je te pensais pas si cool, lui dit-il.

Elle rougit. Christophe était, à son avis, le plus beau gars du collège. Grand, brun, large d'épaules, le visage déjà bronzé. Une sorte de copie au masculin de Florence Dugré. Un membre éminent de la cour de la belle.

Il la prit par les épaules et la secoua, comme une vieille camarade.

De l'autre côté du cercle, Florence Dugré souriait de toutes ses dents.

— Hé, les amis, c'est l'heure du spa! lança-t-elle.

Plusieurs jeunes se pressèrent à l'étage pour se mettre en maillot.

Florence redescendit la première, vêtue d'un bikini noir.

— Hé, Sarah, tu ne mets pas ton maillot?

— Je l'ai oublié, répondit-elle.

— Je t'en prête un?

— Non, ça ira.

— Comme tu veux, lui dit Florence.

Sarah sortit tout de même dehors pour voir le spa, qui fumait dans la nuit fraîche de mai. Elle s'assit sur une chaise, sur la terrasse en bois.

Sept des invités de Florence entrèrent tour à tour en frissonnant dans le spa brûlant.

— Sarah, tu es sûre que tu ne veux pas venir ? C'est super, lui cria Florence.

— Non, ça va.

— Hé, c'est exactement comme dans *Occupation double*, couina Édith.

— Non, pour que ça soit vraiment comme ça, il faut que quelqu'un frenche, lança Julien.

— Moi, je veux bien, dit Florence.

Elle se leva, ajusta lentement son haut de bikini en soulevant ses seins. Et se dirigea vers Christophe. Elle se baissa devant lui et l'embrassa à pleine bouche. Les autres jeunes applaudirent.

— O.K., les filles, vous choisissez qui vous frenchez, dit Édith, tout excitée.

— Et toi, Sarah, lança Julien, qui tu frencherais si tu étais dans le spa ?

Il la regarda et lui fit un nouveau clin d'œil.

Tout le monde éclata de rire.

Sarah, mal à l'aise, rentra dans la maison. Elle alla s'asseoir au salon avec les cousines et leurs amis, dont aucun n'avait pris place dans le spa. Les filles lui parlèrent gentiment, la questionnèrent sur le collège. De leur échange, Sarah comprit qu'elles habitaient Montréal et étaient simplement en visite à Rivière-aux-Trembles.

Elle se préparait à s'en aller quand Florence débarqua, toujours vêtue de son bikini, une serviette autour des hanches.

— Qu'est-ce que tu fais, tu t'en vas ?

— Je dois prendre le dernier bus, dit Sarah. Il part dans une demi-heure.

— Mais non, t'en fais pas, Christophe va te ramener chez toi. Il a l'auto de son père. Nous, on veut te garder, dit Florence en enserrant ses épaules.

Elle avait la voix pâteuse.

Sarah hésita. Elle aurait préféré partir. Elle resta.

*   *   *

Christophe conduisait vite. Il était soûl, gelé, et il conduisait vite. Sarah avait peur. Elle le regarda en biais. Son visage était fermé. Il était vraiment beau, se dit tout de même Sarah. Il portait un jeans ajusté et une chemise blanche.

Sarah regarda la route. Ils approchaient. Elle jeta un coup d'œil à l'horloge. Trois heures du matin. Bon. Ça ne s'était pas si mal passé, après tout. Elle s'en était tirée.

Avant d'arriver au dépanneur et au cinquième rang, Christophe se rangea sur le côté. Il stoppa la voiture le long d'un champ qui venait d'être labouré. Il éteignit le moteur. Sarah le regarda.

— C'est pas ici, dit-elle.

— Je sais, répondit Christophe. Enlève ton chandail.

— Quoi?

— Enlève ton chandail. Je veux voir tes boules.

Sarah déglutit péniblement.

— Je veux pas. Emmène-moi chez moi.

— Si tu l'enlèves pas, je vais l'enlever moi-même.

Il la regardait avec un petit sourire.

— Qu'est-ce que tu veux?

— Enlève ton chandail. Je vais t'expliquer après.

Sarah enleva son haut turquoise. Et, après une certaine hésitation, son soutien-gorge blanc.

Christophe siffla.

— Pas mal. Pas gros, mais mignons. C'est probablement ce que tu as de plus beau.

Sarah blêmit.

— J'imagine que t'as jamais sucé un gars? C'est sûr que non. Qui voudrait se faire sucer par toi?

Sarah fit non de la tête. Elle avait les larmes aux yeux.

— Alors, je vais être le premier. Tu vas me sucer. Flo m'a demandé de le faire. Elle m'a dit que si on faisait ça ensemble, ce soir, elle allait baiser avec moi. Et je veux vraiment baiser avec elle. Alors on va le faire. Maintenant.

Sarah se sentit près de s'évanouir. L'air lui manquait. Elle était comme paralysée. En quelques phrases, Christophe avait dit trop de choses. Trop de choses horribles.

— Je veux pas, dit-elle en pleurant.

— Allez, sourit Christophe, c'est pas si difficile. Tu sais comment faire. T'as déjà vu ça, quand même.

Il se déboutonna et sortit son membre.

— Tu vois, je suis déjà dur. C'est à cause de tes seins. Ils sont mignons. Alors, tu le prends dans ta bouche et tu suces.

Sarah ne fit rien. Elle croisa ses mains sur ses seins et se recula. Elle tâtonna pour trouver la poignée de la portière derrière elle.

D'un geste vif, Christophe bloqua l'ouverture des

portières avec les boutons de verrouillage automatique. Il enclencha le loquet-enfant.

— Tu peux pas sortir, maintenant. Allez, fais-le, tu vas aimer ça.

Il souriait de toutes ses dents. Il s'amusait avec elle, se dit Sarah. Comme un chat qui triture un oiseau avec sa grosse patte.

— Bon, on va commencer doucement. Approche, que je touche un peu.

Sarah regarda autour de la voiture. Rien. Personne. Le noir total. Le dépanneur était loin, fermé depuis longtemps. Le garage aussi. Le champ était immense. Les premières maisons étaient à plusieurs centaines de mètres. Même si elle criait, qui l'entendrait? Elle était prise au piège, à quelques kilomètres à peine de chez elle. Elle n'avait pas le choix. Elle avança de quelques centimètres sur son siège.

Les grandes mains de Christophe enveloppèrent ses petits seins. Il la malaxa en grognant. Il pinça ses mamelons. Sarah était pétrifiée. Ça faisait mal. Elle ne voulait pas.

Christophe la saisit ensuite par le cou et abaissa sa tête jusqu'à son entrejambe. Sarah prit la chose dans sa bouche. C'était gros. Christophe dirigeait fermement sa tête de haut en bas. Sarah avait la nausée, elle étouffait. Elle ne s'était jamais sentie aussi mal.

Après plusieurs ahans, elle reçut un jet dans la bouche. C'était fini. Elle cracha le sperme sur le jeans de Christophe.

— Dis donc, t'es vraiment pas belle, mais ça fait du

bien. J'ai été bandé toute la soirée à cause de Florence. Elle a pas arrêté de faire son agace-pissette.

Il la regarda de côté.

— Je gage que ça t'a excitée. Tu veux qu'on poursuive?

Sarah le regarda avec des yeux grands comme des soucoupes. Elle fit non de la tête.

— O.K., dit Christophe. Je te ramène chez toi.

Il la déposa devant la maison mobile et partit en trombe. Sarah s'assit sur les marches du perron, sonnée. Elle avait mal au cœur. Elle entra précipitamment et vomit dans les toilettes.

Elle passa la journée du dimanche dans son lit. Elle pleura pendant plusieurs heures. Elle dit à sa mère qu'elle était malade. Toute la journée, elle rejoua la scène de la voiture dans sa tête. Elle était incapable de l'extirper de son esprit. Tout ce que Christophe avait dit résonnait dans son cerveau. Le party avait été un coup monté, une pièce de théâtre qui visait simplement à l'amener dans une voiture avec lui. Elle se sentait sale. Elle prit une douche, se savonna partout. Elle se rinça longuement la bouche. Elle essaya de regarder la télé pour se changer les idées. Rien n'y fit.

Elle réussit à éviter l'école le lundi en disant à sa mère qu'elle était malade. Marie-Ève Tremblay la regarda avec des yeux suspicieux.

— T'es sûre que t'es malade? T'as pas de fièvre.

Mais voyant l'air défait de sa fille, elle consentit au congé. Le soir, Marie-Ève vint voir sa fille. Elle s'assit sur son lit et constata ses yeux rougis.

— Est-ce que ça va, Sarah ? T'as l'air bizarre.

À cet instant, s'était dit Marie Dumais en lisant le journal, Sarah Michaud aurait pu changer le cours de son destin. Elle aurait pu parler, expliquer à sa mère ce qui s'était passé. Marie-Ève Tremblay n'avait pas été une très bonne mère, mais elle avait bon cœur. Elle aurait probablement réagi. Elle aurait soutenu sa fille.

Mais Sarah n'avait pas pu surmonter des années d'incompréhension et de non-dits entre sa mère et elle. Déjà, toute petite, elle s'était rendu compte qu'elle représentait un poids pour sa mère. Pourquoi ? Elle l'ignorait. Mais c'était un fait. Puis, à la naissance de sa petite sœur, elle avait compris que Marie-Ève Tremblay s'était trouvé une fille à sa mesure. Elle n'avait jamais été première, mais désormais, elle était définitivement seconde.

En conséquence, elle s'était tue. Elle avait prétexté de mauvais résultats à un examen. Sa mère lui dit qu'elle pouvait prendre une autre journée de congé.

Mais le mercredi, il fallut bien qu'elle retourne au collège. Elle prit l'autobus, la mort dans l'âme, son sac sur le dos.

En arrivant à l'école, elle se rendit à son premier cours. Français. Foutu Jules Ziegler. Elle fut incapable de se concentrer. En histoire, pareil.

À l'heure du dîner, elle prit place tout au bout de l'une des tables. Elle ouvrit sa boîte à lunch et aperçut Christophe, qui la regardait en souriant. Il parlait avec Julien. Ils ricanaient tous les deux. Sarah savait très bien ce qu'ils disaient. Elle rougit jusqu'à la racine des cheveux. Elle referma sa boîte à lunch et tenta de se plonger dans un livre.

Julien vint s'asseoir devant elle. Il se pencha, les coudes sur la table, et chuchota.

— Comme ça, tu suces, ma belle?

Sarah fut aveuglée par ses larmes. Elle prit sa boîte à lunch et son livre et se dirigea vers les toilettes. En passant, elle jeta un coup d'œil à la table de Florence. Tout le monde la regardait. Tout le monde savait. Tout le monde riait.

Elle resta enfermée dans les toilettes durant toute l'heure du dîner. Elle suivit ses cours dans l'après-midi comme une automate. Elle ne pensait qu'à ça. Christophe leur avait tout raconté. Tout le monde savait. Tout le monde riait d'elle. Elle était fichue.

Elle tint jusqu'au vendredi. La veille de son anniversaire.

*   *   *

Marie s'était rendue, le lendemain, recueillir la réponse de Marie-Ève Tremblay. La jeune femme avait été bouleversée par la lecture du journal. Elle était effondrée à la table de la cuisine quand la journaliste frappa à sa porte.

— Mais pourquoi elle m'a rien dit? Pourquoi?

Marie connaissait la réponse, mais elle ne dit rien. Elle contempla l'immense douleur de la femme. En son for intérieur, Marie-Ève Tremblay connaissait aussi la réponse à sa question. Elle savait qu'elle avait failli au rôle primordial d'une mère. Aimer son enfant. Mais c'était trop douloureux à admettre.

La femme se tourna finalement vers la journaliste.

— Vous voulez publier ça?

— Oui, dit Marie.

— Vous allez dire que j'ai essayé de savoir ce qu'elle avait?

— Oui.

— Et qu'elle n'a rien voulu me dire?

— Oui.

— O.K. Alors, publiez. Ça va au moins faire mal à ces osties-là. Ils vont se reconnaître. C'est eux qui ont tué ma fille.

C'était exactement ce que pensait Marie. D'ailleurs, son titre était trouvé pour le papier principal. « L'exécution ». Sarah Michaud avait été exécutée. La bande de Florence Dugré ne l'avait pas poussée dans la rivière, mais c'était tout comme. En lui faisant subir un tel calvaire, on l'avait littéralement amenée au suicide. Marie estimait d'ailleurs que si une enquête policière suivait la publication de ses papiers, Christophe pourrait être accusé d'agression sexuelle. Et s'il parlait, Florence Dugré pourrait écoper d'une accusation de complot. Elle n'allait révéler aucun nom dans ses articles. Mais si la police saisissait ses notes…

Elle quitta la maison mobile avec son trésor à fleurs roses dans son sac.

*   *   *

Cependant, il lui manquait une dernière chose. La version de Sarah était contenue dans son journal. Elle était très crédible. Mais elle devait obtenir la confirmation de tout cela. Et il n'y avait qu'une seule personne en mesure de livrer un tel témoignage. Christophe Chartier. Il lui restait une dernière journée de reportage au collège. Elle devrait acculer le petit Chartier au mur. Sans bien sûr dire quoi que ce soit à la directrice.

Elle trouva Christophe à la bibliothèque, au milieu de la matinée. Une période d'étude. Elle s'assit en face de lui et tendit la main.

— Christophe Chartier ? Je suis Marie Dumais.

— Je sais, dit le garçon sur un ton agressif. Qu'est-ce que vous me voulez ?

Marie opta pour l'attaque frontale.

— Comme ça, il y a eu un party chez Florence juste avant la mort de Sarah.

Il pâlit. Mais comment était-elle au courant ? Qui avait parlé ?

— Il paraît que c'est toi qui es allé la reconduire chez elle. C'est vrai ?

— Heu… oui, hésita-t-il.

— Et qu'est-ce qui s'est passé, exactement, quand tu t'es garé sur le bord de la route, juste avant d'arriver chez elle ?

Christophe était paralysé. Mais comment pouvait-elle savoir ça ? C'était impossible. Sarah était morte. Ils étaient deux dans la voiture.

— Je vois à ton air que mes infos sont exactes, dit Marie. Alors, on va faire une entente, toi et moi. Je ne mentionne pas ton nom. Ni aucun élément qui ferait en sorte qu'on te reconnaisse. Mais je veux savoir s'il est exact que tu as forcé Sarah Michaud à te faire une fellation ce soir-là.

Christophe recula sa chaise et fourra ses livres dans son sac.

— Pas de commentaires, dit-il, les yeux baissés.

Marie décida de bluffer.

— Eh bien, tu vois, je suis venue te voir simplement par courtoisie. Pour t'informer. Parce que je n'ai pas vraiment besoin de toi pour me raconter l'histoire. Car ça, dit-elle en sortant le cahier à fleurs roses de son sac, c'est le journal intime de Sarah. Elle raconte tout ça en long et en large. Elle s'est même confiée à d'autres, mentit-elle.

Elle lui laissa quelques secondes pour absorber le tout.

Christophe Chartier semblait frappé par la foudre, son sac dans les mains.

— Alors, tu as le choix. Ou je raconte tout et je mets ton nom. La police risque malheureusement de débarquer chez toi. Ou tu réponds à ma question. Un oui ou un non suffira. Et à ce moment-là, ton nom est évacué de l'article.

Évidemment, la première option était inventée de toutes pièces. Elle avait conclu une entente formelle avec la directrice, elle avait signé des papiers qui garantissaient l'anonymat de tous les jeunes qu'elle citerait dans ses articles. Mais Christophe l'ignorait.

Il la regarda avec des yeux noirs.

— O.K., j'ai compris. La réponse, c'est oui. Mais elle a pas vraiment dit non, laissa-t-il tomber.

Puis il se leva et partit à toute allure.

*   *   *

Avant de quitter Rivière-aux-Trembles, Marie retourna une dernière fois à Saint-Mathieu pour voir l'endroit où Sarah Michaud avait mis fin à ses jours. Cette journée ne pouvait être reconstituée qu'avec les informations rendues publiques par le médecin légiste. À vingt et une heures, le 13 mai, Sarah Michaud, après avoir enfourché son vélo, s'était dirigée vers la rivière Rouge, qui coulait à l'extrême est du village. Un petit parc avait été aménagé pour d'improbables touristes. Des bancs, une table de pique-nique, une petite étendue gazonnée.

Sarah avait laissé le vélo sur l'herbe.

Puis, elle s'était rendue au bord de la rivière. À cet endroit, le courant était fort. Elle avait marché sur les rochers, glissants et couverts de mousse. Elle était entrée dans l'eau glaciale. Elle portait tous ses vêtements. Son corps avait été retrouvé trois jours plus tard, beaucoup plus bas sur la rivière. Elle avait été durement ballottée par le courant. Le cadavre était couvert d'ecchymoses. Après trois jours dans l'eau, son visage était méconnaissable. Elle avait été identifiée par ses empreintes dentaires.

Quand Sarah Michaud avait-elle mis à la poste son journal intime, à l'intention de Monique Dupuis ? Marie supposa qu'elle l'avait jeté dans une boîte aux lettres, à Saint-Mathieu, juste avant de venir au bord de la rivière.

Et l'autre question, c'était pourquoi ? Pourquoi Sarah avait-elle voulu que sa prof de primaire connaisse la vraie raison de son suicide ? La petite s'était délivrée d'un secret ou alors elle voulait se venger, supposa la journaliste. Elle faisait confiance à Monique Dupuis, qui utiliserait tout cela à bon escient.

Elle avait eu raison, se dit Marie.

Elle resta longtemps assise sur la table de pique-nique de l'aire de repos. Elle contempla les rapides. L'eau noire qui tournait en tourbillons, l'écume qui éclatait près des rochers. Elle imagina la petite, debout au bord de la rivière. Combien de temps lui avait-il fallu pour se décider à entrer dans l'eau ? Il avait fallu une honte cuisante, un désespoir absolu pour la pousser vers cette eau noire et glaciale.

Marie se rappela la dernière ligne du journal, d'une intolérable tristesse.

Je suis laide. Personne ne m'aime. À quoi bon continuer ?

2

Jeanne Provencher

Marie était assise devant une table couverte des reliefs d'un bon souper. Elle adorait ce genre de repas chez sa sœur. Toute la famille était là. Catherine, dont les cheveux étaient toujours blonds grâce à la teinture. Elle était devenue médecin. Elle était omnipraticienne, mais se spécialisait dans les suivis de grossesse et la pédiatrie. Son mari, Yvan, un grand rouquin blagueur, était consultant en informatique. Les trois garçons. Renaud, Jules et Émile avaient respectivement quinze, douze et sept ans. Ils avaient tous la crinière flamboyante de leur père.

Leur grand-mère s'était jointe à eux. Son mari était mort depuis trois ans. Grand-maman vivait seule dans sa grande maison, au bord de la rivière des Prairies, mais chaque semaine, elle se joignait à ses filles pour un souper dominical, qui était devenu une tradition. Comme l'appartement de Marie était tout petit, c'était généralement sa sœur qui recevait. Catherine était d'ailleurs une bonne cuisinière. Mais peu importe ce qu'ils mangeaient, ce qui comptait, c'était le plaisir d'être ensemble. De parler avec les garçons, de plus en plus capables de discuter avec cette tante originale et cette grand-mère qu'ils adoraient.

Après avoir dégusté l'agneau sauce au vin, ils en étaient au plateau de fromage, quand la sonnerie du cellulaire de Marie retentit. Une petite musique de jazz. Sa mère la regarda d'un œil noir. Elle détestait ce machin. Une vraie boîte à surprise.

Marie regarda le numéro. Les trois premiers chiffres étaient ceux du Service de police de Montréal. Mais qu'est-ce qu'ils peuvent bien me vouloir? pensa-t-elle.

— Marie Dumais.

— Agent Groleau, du poste 23, répondit l'homme au bout du fil. J'aimerais parler à Marie-Lune Provencher, lui dit une voix d'homme.

Marie se figea. Elle n'avait pas entendu ce nom depuis des années.

— Allo? Vous êtes toujours là? s'informa l'homme.

Elle recouvra la faculté de parler.

— C'est moi. Je suis Marie-Lune Provencher.

Autour de la table, plus personne ne mangeait du fromage. Tout le monde s'était tu et la regardait.

— Vous avez répondu « Marie Dumais » en décrochant.

— Dumais, c'est le nom de famille de mes parents adoptifs. Et j'ai raccourci mon prénom.

— Vous êtes la fille de Jeanne Provencher?

— C'est exact. Mais je ne l'ai pas vue depuis un certain temps.

— Elle est décédée. Nous avons besoin de quelqu'un pour l'identifier. Vous êtes sa seule famille. Pourriez-vous venir?

— Maintenant? dit Marie d'une toute petite voix.

— Ce serait bien, répondit l'homme.

Il lui donna l'adresse de la morgue. Elle la connaissait déjà.

Louise Dumais toucha le bras de sa fille. Les deux femmes se regardèrent et se levèrent de concert de la table. Elles partirent ensemble, laissant derrière elles les assiettes sales et le plateau de fromage à peine entamé. Catherine les accompagna jusqu'à la voiture. Elle serra sa sœur dans ses bras. Pas un mot ne fut échangé.

En arrivant à la morgue, on lui demanda des papiers d'identité.

— Et qui êtes-vous, un membre de la famille? demanda la préposée, à l'entrée.

— Je suis sa fille, répondit Marie.

La préposée leur fit signe d'avancer et les suivit jusqu'à la chambre froide.

Elle ouvrit l'un des tiroirs. Le troisième à gauche, rangée du milieu, enregistra Marie.

Jeanne Provencher était étendue sur un grand plateau. Elle était nue. Son corps était recouvert d'un drap gris. Ses bras étaient posés de chaque côté. Ses yeux étaient fermés. Elle n'avait pas changé, se dit Marie. À quand, exactement, remontait sa dernière visite à Jeanne Provencher? Deux ans, environ, songea-t-elle.

— C'est bien elle, dit-elle à l'intention de la préposée.

— Je vous laisse vous recueillir quelques instants, dit cette dernière.

Se recueillir. Marie eut un petit rire intérieur. Elle ne ressentait pas de peine, seulement une immense pitié. Elle jeta un dernier coup d'œil au cadavre. Les entailles aux poignets étaient évidentes. Jeanne Provencher s'était suicidée.

Louise Dumais, elle, regardait sa fille.

Marie tourna les talons. Elle chercha son cellulaire dans son sac. Elle trouva rapidement le numéro du poste 23.

— Agent Groleau? Ma mère s'est suicidée, si je comprends bien?

— Exact, confirma le policier.

— Comment?

Le policier ne répondit pas immédiatement à sa question.

— Elle s'est tailladé les veines. Suivant une méthode assez particulière, répondit finalement le policier.

— Que voulez-vous dire?

— Eh bien… nous pourrions peut-être nous rencontrer à son domicile. Je crois que les explications seraient plus simples. Seriez-vous disponible dans une heure?

Marie nota l'adresse.

Sa mère la regardait, l'œil inquiet.

— Pourquoi veux-tu savoir ça?

Marie prit un air buté.

— Je veux savoir. C'est tout.

Une heure plus tard, elle gara sa petite voiture

devant un immeuble de la rue Ontario. Une maison de chambres miteuse. Chez Juliette, pouvait-on lire sur la façade. L'adresse, à la calligraphie d'un chic pompeux, était rédigée en lettres dorées, dont la peinture s'écaillait.

Juliette s'appelait en fait Olga. La vieille Russe avait un accent à couper au couteau. Elle emmena la délégation de trois personnes devant la porte de ce qui avait été la chambre de Jeanne Provencher.

— Elle très tranquille. Jamais problèmes. Pas clients. Pas drogue. Pas police. Pas comme les autres… dit la logeuse en faisant un petit geste qui englobait les autres chambres de son immeuble, et elle eut un reniflement de mépris. Ménage pas encore fait, ajouta-t-elle en déverrouillant la porte, qui fermait à peine.

Les trois femmes et le policier entrèrent dans la pièce où la pénombre régnait. La fenêtre avait été bloquée avec un morceau de contreplaqué. La logeuse alluma une ampoule nue qui pendait à un fil. Sous cette lumière crue, le spectacle de la pièce était si saisissant que Marie et sa mère reculèrent d'un pas.

Tout était couvert de sang.

On aurait dit qu'un peintre fou s'était lancé à l'assaut des murs jaunis de la chambre de Jeanne Provencher en projetant avec son pinceau des giclées de peinture brunâtre. Des éclaboussures de sang, devenues brunes au fil des heures, maculaient les murs de jets ou de grosses gouttes.

Le policier désigna la fenêtre.

— Elle s'est tailladé les poignets avec la vitre.

Jeanne Provencher avait d'abord brisé sa fenêtre,

expliqua le policier. Puis, elle s'était enfoncé les poignets dans la demi-fenêtre restante, hérissée d'éclats de verre. Le sang avait coulé sur les morceaux de verre, qui semblaient eux aussi avoir été peints en brun. Un vitrail macabre.

Elle avait ensuite relevé ses poignets, d'où jaillissaient des flots de sang, et les avait dirigés partout. Sur les murs. Sur le fauteuil de velours rose élimé. Sur le minifrigo et le petit comptoir de la cuisinette. Sur le plancher, où le sang formait des arabesques de gouttelettes. Elle avait fini son œuvre sur le lit, où elle s'était écrasée à plat ventre. Les draps, l'oreiller et le matelas avaient bu le sang qui s'échappait de son corps à toute vitesse.

Louise Dumais eut un haut-le-cœur. Le policier lui désigna une porte. La salle de bain. Louise alla vomir dans la cuvette. Elle s'appuya au comptoir et considéra la pièce. Une abomination. La cuvette était noirâtre. Et la douche était aussi d'une saleté repoussante.

Le policier regarda Marie.

Elle était immobile au centre de l'appartement et passait la pièce en revue.

— Est-ce qu'on sait pourquoi elle a fait ça ?

— Non, dit le policier. C'est pour ça que je vous appelais. Je pensais que vous pourriez peut-être nous éclairer.

— Je n'ai pas vu… ma mère depuis deux ans.

Marie avait buté sur le mot « mère », nota le policier.

— Et avant, vous aviez des contacts réguliers avec elle ?

— Je la voyais peut-être deux fois par an.

— Chez elle?

— Chez elle ou à l'hôpital, monsieur l'agent. Vous vous doutez que ma mère faisait de fréquents séjours à l'hôpital psychiatrique, dit Marie en grimaçant un pauvre sourire.

— Et la dernière fois que vous l'avez vue, vous êtes-vous quittées en bons termes?

— Plus ou moins, comme toujours. Ma mère n'a jamais digéré le fait que les services sociaux lui aient retiré ma garde. Elle n'a jamais accepté que d'autres personnes m'adoptent. Elle n'acceptait pas ma vie, quoi. Toute sa vie, elle a été plongée dans une sorte de délire religieux. J'étais une enfant de Dieu, elle seule savait comment je devais être élevée, et patati, et patata.

— Mais vous veniez la voir tout de même.

— Je venais, dit-elle avec hésitation. Mais je ne peux pas trop vous dire pourquoi.

— Vous a-t-elle déjà parlé de suicide?

— À moi, non, dit Marie. Mais elle a été internée très souvent. Je crois que son médecin a souvent craint qu'elle n'attente à ses jours.

— Et pourquoi cette mise en scène, croyez-vous?

— Je ne sais pas. Ça devait faire partie de son délire religieux. Quelque chose a dû survenir. Elle a interprété ça comme un signe de Dieu.

— Et est-ce que ce quelque chose aurait pu avoir un lien avec vous?

Bonne question, pensa Marie.

— Je l'ignore. Je suis journaliste à *La Nouvelle.* J'ai

publié une série de reportages, récemment. Ma mère les lisait parfois. Dans ce reportage, il y avait un suicide.

— Ah oui, je me souviens. L'affaire Sarah Michaud, dit l'agent Groleau.

— C'est ça. Mais ma mère n'avait strictement rien à voir avec tout ça.

— Bon, je vous remercie de votre temps. Allons-y, dit le policier.

Louise Dumais sortit de la salle de bain. Elle était pâle.

— Ça va? lui demanda Marie en entourant ses épaules.

Louise Dumais ne dit rien. Elle regarda sa fille.

— Mais comment tu fais? Ça ne te chamboule pas, ce spectacle?

— Maman, je commence à être habituée à tout ça. J'ai couvert les faits divers pendant des années, dit la journaliste.

Elle échangea un regard avec le policier.

— Oui, mais c'est de ta mère qu'il s'agit ici. Ce n'est pas un fait divers.

— Ma mère, c'est toi, dit Marie en lui ouvrant la porte de l'immeuble. Jeanne Provencher n'était plus ma mère depuis longtemps. Je suis triste pour elle, mais sa vie était un enfer. Elle est peut-être mieux là où elle est maintenant.

— Mais pourquoi? Pourquoi avoir fait gicler tout ce sang, partout?

— Aucune idée, répondit Marie.

Peut-être le médecin de Jeanne Provencher pourrait-il l'aider à comprendre, pensa Marie. Elle irait le voir, décida-t-elle.

À la première heure, le lendemain, elle téléphona au Dr Lafrenière. Le médecin avait longtemps travaillé aux urgences de l'hôpital Louis-H. Lafontaine, puis s'était dirigé vers le module de suivi externe des patients. Sa clientèle était donc essentiellement composée de malades qui avaient été jugés assez bien pour quitter l'hôpital, mais dont les dossiers, très lourds, nécessitaient un suivi étroit. Le Dr Lafrenière travaillait en équipe avec deux travailleurs sociaux, qui visitaient régulièrement les clients. Une fois par semaine si tout allait bien, plusieurs fois si le patient était dans une mauvaise passe. Les rechutes de ces patients, dont la maladie psychiatrique se doublait souvent d'une consommation de drogues ou d'alcool, étaient fréquentes. Les patients devaient alors être réhospitalisés pour un temps.

Le doc suivait le cas de Jeanne Provencher depuis plus de dix ans. C'était un bon médecin, aux yeux doux, mais au parler franc. Il ne mettait pas de gants pour dire les choses, ni avec ses patients, ni avec leurs familles.

Lorsque Marie s'assit devant lui, il la regarda longuement.

— Qu'est-ce que je peux faire pour vous, Marie?

Marie connaissait le caractère direct du médecin. Aussi, elle ne s'embarrassa pas de circonlocutions et alla droit au but.

— Pourquoi elle a fait ça?

— Fait quoi? Se suicider?

— Se suicider de cette manière-là.

— Depuis deux semaines, elle n'allait pas bien. Pas bien du tout. Les travailleuses sociales du module la visitaient tous les jours. L'une d'entre elles m'avait suggéré l'hospitalisation. Nous étions sur le point de la faire entrer à l'hôpital quand elle est passée à l'acte. Bref, elle m'a devancé.

On aurait dit que Pierre Lafrenière avait vieilli de dix ans en quelques minutes. Les rides de son visage semblaient plus profondes et les cernes, sous ses yeux, plus sombres que jamais.

— Elle n'allait pas bien depuis deux semaines, vous dites? Était-il survenu quelque chose de particulier dans sa vie?

Le médecin appuya son menton sur sa main.

— L'événement en particulier, c'était vous, Marie.

La journaliste fut clouée sur sa chaise.

Puis, elle se ressaisit.

— Comment ça, moi? Je ne l'ai pas vue depuis deux ans!

— Votre mère avait lu vos papiers sur Sarah Michaud. Elle avait développé une obsession pour ce reportage, pour le suicide de la petite Michaud. Elle était persuadée que vous lui envoyiez un signal avec ces papiers. Vous, l'enfant de Dieu, dit-il avec un pauvre sourire, vous lui ordonniez de mettre fin à ses jours.

— En projetant du sang partout sur ses murs?

— Je crois que dans son esprit, ce suicide était une sorte de sacrifice, une sorte de hara-kiri, dit le médecin. Un sacrifice est par nature un acte spectaculaire. Les Grecs de l'Antiquité égorgeaient des taureaux devant des foules. Les musulmans tuent un agneau devant la famille pour la fête de l'Aïd. Tous les cinq ans, dans le nord de l'Inde, des brahmanes hindous tuent des milliers de bêtes devant d'immenses foules pour honorer une déesse. Votre mère s'est tuée en peignant les murs de son sang. Pour que vous, et Dieu, sachiez bien qu'elle s'était rendue à vos désirs.

— Mais quand vous avez vu qu'elle avait développé une obsession pour ce reportage, pourquoi ne m'avez-vous pas appelée? J'aurais pu lui parler, lui dire qu'il n'y avait pas de message là-dedans.

Le Dr Lafrenière sourit tristement.

— Marie, vous avez votre vie. Vous n'aviez plus vraiment de lien avec Jeanne. Vous la visitiez de temps en temps. S'il avait fallu vous appeler à chacune de ses crises, ça aurait été un job à temps plein pour vous. Nous vous aurions éventuellement appelée. Mais, je le répète, elle ne nous en a pas laissé le temps.

Marie quitta le bureau du médecin en état de choc. Ses propos faisaient peser sur elle un nouveau poids. Jamais elle n'aurait cru avoir tant d'influence dans la vie de cette femme, qui était pour elle, somme toute, une inconnue.

Cette nuit-là, elle rêva, elle qui ne rêvait jamais. Elle se retrouva dans le cinquième rang, à Saint-Mathieu. Elle entendit de nouveau le bruit de la tôle pliée sur le toit de la grange. Elle pénétra dans la maison mobile de Marie-Ève Tremblay par la porte entrebâillée. Jeanne Provencher, vêtue d'une robe grise, préparait le souper. Sarah Michaud était assise à la table de la cuisine, elle écrivait dans le cahier à fleurs roses. Personne ne voyait Marie : elle était un observateur invisible. Jeanne Provencher servit son assiette à Sarah, qui la remercia d'un signe de tête et d'un sourire. Personne ne parlait. Ce silence total mettait Marie mal à l'aise.

Une fois son assiette expédiée, Sarah salua Jeanne d'un petit signe de la main. Elle sortit et enfourcha son vélo. Marie savait très bien où elle se dirigeait. Elle vit Sarah descendre du vélo. Poster le cahier à fleurs. Puis, laisser l'engin près de la rivière. À ce stade du rêve, Marie criait de toutes ses forces pour empêcher la petite Michaud d'entrer dans l'eau, mais de sa bouche ne sortait aucun son. Sarah Michaud s'enfonça dans l'eau noire. En avançant sur les pierres, Marie la vit, couchée au fond de l'eau, nue, ses boucles brunes flottant autour de sa tête. La petite pointait vers elle un index accusateur.

Marie se réveilla en sueur, le cœur battant.

Impossible de se rendormir.

Le lendemain, au travail, elle était une loque. Le patron eut pitié d'elle et la renvoya à la maison.

Elle se coucha. Impossible de dormir. Elle revoyait sans cesse l'image de la chambre de Jeanne Provencher. La constellation de gouttes brunes. Les draps raides de sang. Elle se releva après une heure. Jamais elle n'avait approché de l'état de sommeil.

Le soir, elle essaya de boire un coup. Ça la ferait sûrement dormir. Eh non. Rien. *Nada.* En fait, elle réussissait parfois à s'endormir. Pour se réveiller en sursaut et s'apercevoir, en jetant un coup d'œil au cadran, que quelques minutes seulement s'étaient écoulées.

L'insomnie lui rappelait de mauvais souvenirs. Jeune, elle en avait souvent souffert. La fameuse boule dans l'estomac, quand arrivait un nouveau prof, un examen à l'université, lors de ses premiers pas dans son travail de journaliste. L'anxiété était un cheval sauvage à dompter. Elle n'y arrivait parfois que par des médicaments. Mais elle n'aimait pas prendre des pilules. Elle avait peur de la dépendance.

Et il y avait aussi, bien sûr, l'autre méthode.

Marie se leva. Elle ouvrit la porte de son placard, balaya d'un pied impatient les paires de chaussures qui encombraient le sol. Elle s'enveloppa d'une couverture, ferma la porte du placard et se roula en boule sur le sol. Noir total. Après quelques instants, elle s'endormit.

Elle se releva percluse de courbatures.

Après quelques jours de ce régime épuisant, elle appela sa sœur. Elle se rendait à l'évidence. Elle allait devoir prendre des médicaments. Catherine était médecin. Elle pourrait lui prescrire des somnifères.

Catherine l'invita à souper. Elle était seule avec le petit Émile. Yvan finissait un gros contrat et les deux grands étaient à la natation et au soccer. Marie accepta. Elle n'eut pas le courage de se rendre en vélo chez sa sœur. Trop épuisée. Elle appela un taxi.

Catherine et Émile l'attendaient dans le jardin. Sa sœur eut un mouvement de surprise lorsqu'elle la vit.

— Mon Dieu, mais qu'est-ce qui se passe? Es-tu malade?

— Non, non, ça va, dit Marie. J'ai juste un peu de difficulté à dormir ces temps-ci.

Catherine resta muette et continua d'observer le visage défait de sa sœur. Émile lui sauta dans les bras.

— Tu restes jusqu'à mon dodo? Tu vas me lire une histoire?

— D'accord, dit Marie en souriant.

Ils mangèrent tous les trois le plat préféré d'Émile : un pâté chinois. Catherine servit un verre de rouge à sa sœur. Le vin fit son effet sur la journaliste épuisée. Elle se sentit dans un état second.

Après le souper, les devoirs et le bain, les grands revinrent de leurs entraînements, et ce fut l'heure de l'histoire d'Émile. Elle s'assit sur la chaise d'osier de sa chambre toute bleue. Le petit était couché dans son lit. Il avait déjà choisi son histoire. *La Petite Fille aux allumettes*. L'histoire de Catherine, songea Marie.

Il faisait effroyablement froid, il neigeait depuis le matin, commença-t-elle. *Il faisait déjà sombre, le soir approchait, le soir du dernier jour de l'année. Au milieu des rafales, par ce froid glacial, une pauvre petite fille marchait dans la rue : elle n'avait rien sur la tête, elle était pieds nus.*

Marie jeta un coup d'œil à Émile. Il était couché sur le côté, les yeux grands ouverts. Il avait bien l'intention de rester éveillé jusqu'à la fin, constata sa tante.

Elle continua, se laissant porter par l'histoire.

Au moment où la petite fille craqua sa première allumette, Marie avait oublié où elle se trouvait. La chambre, Émile, tout cela n'existait plus. Elle était happée par l'histoire si triste de la petite vendeuse d'allumettes.

Quelle flamme merveilleuse c'était! Il sembla tout à coup à la petite fille qu'elle se trouvait devant un grand poêle en fonte. Elle allait étendre ses pieds pour les réchauffer, lorsque la flamme s'éteignit brusquement. Le poêle disparut.

La voix de Marie s'étrangla.

Par-dessus sa couette, Émile jeta un coup d'œil intrigué à sa tante.

À la deuxième allumette, Marie dut faire une pause. Elle était incapable de continuer à lire. Elle reprit après un instant.

Émile était maintenant assis dans son lit. Il avait l'air inquiet.

Lorsque, dans la lueur de l'allumette, la grand-mère de la petite fille apparut, Marie pleurait.

— *Reste, je t'en prie, dit la petite. Ou emporte-moi,* lut-elle à travers ses larmes.

Catherine entra dans la chambre. Elle prit sa sœur par l'épaule. L'emmena dans le salon. Elle borda son fils. Marie les entendit converser à voix basse, tous les deux. Catherine devait rassurer Émile. Mon Dieu, mais quel spectacle avait-elle offert à cet enfant ? songea-elle à travers le brouillard de son cerveau.

En arrivant dans le salon, sa sœur s'assit à côté d'elle. Elle la prit dans ses bras, appuya sa tête sur son épaule et lui caressa les cheveux. Marie se laissa faire, comme un bébé.

— Je crois qu'il est temps que tu ailles consulter, dit Catherine.

3

Marie-Lune Provencher

Le bureau de la psychologue se trouvait dans un grand appartement du Plateau-Mont-Royal. Le salon avait été converti en salle d'attente, la cuisine en cuisinette de travail et, dans ce qui devait autrefois être les chambres, on retrouvait plusieurs bureaux de psychologues. Catherine lui avait recommandé cette femme, qui pratiquait la technique de l'intégration neuro-émotionnelle par les mouvements oculaires. Catherine n'était pas psychiatre, mais elle était persuadée que les problèmes de Marie étaient de l'ordre du stress post-traumatique. Qu'ils étaient dus, en fait, à ces cinq années passées avec Jeanne Provencher, une période de sa vie qu'elle n'avait jamais accepté, petite, d'aborder avec un thérapeute.

Et puis, au fil des ans, ces souvenirs avaient disparu. Marie avait beau chercher, elle ne se souvenait d'absolument rien de ces cinq années, ni d'ailleurs de cette année passée à l'Hôpital Rivière-des-Prairies. Ses premiers souvenirs commençaient chez Louise et Gilles, alors qu'elle avait presque sept ans. Avant, c'était le néant. Catherine croyait qu'il lui fallait explorer ce néant. Marie en doutait.

Et elle était carrément sceptique face à cette technique de l'intégration par les mouvements oculaires, dont elle avait lu un compte rendu dans un livre très célébré rédigé par un psychiatre français. Après sa lecture, elle avait jugé que c'était de la foutaise. Elle était allée voir cette psy strictement pour faire plaisir à sa sœur et elle avait la ferme intention de ne pas se laisser embarquer dans une thérapie qui durerait des siècles.

La psychologue était une très grande femme brune aux yeux bleus. Elle parlait à Marie en articulant bien chaque mot. Elle est vraiment gnangnan, pensa Marie avec agacement.

Mais qu'est-ce qu'elle foutait là ?

Assise dans une bergère, dans le confortable bureau, Marie exposa la raison de sa visite. Journaliste, un reportage difficile, le suicide de sa mère biologique. Elle brossa rapidement un tableau de son passé à la psy. Cette dernière lui expliqua, de son côté, comment la technique fonctionnait. Le patient isole une image qui résume l'événement traumatique. Puis, tout en se concentrant sur cette image, il regarde la main du psychologue, qui opère un mouvement de va-et-vient assez rapide, pendant une vingtaine de secondes, ce qui stimule des zones profondes du cerveau. Ensuite, le patient parle de ce qu'il a vu. Ou ressenti. Toujours en utilisant la même méthode, le thérapeute et le patient tentent ensuite de « reprogrammer » le souvenir de façon qu'il ne cause plus de souffrance.

Marie se retint de lever les yeux au ciel.

— On commence? dit-elle d'un ton impatient.

La psychologue la regarda en souriant.

— Généralement, on ne commence pas avec l'événement traumatique qui a amené le patient dans nos bureaux. On commence avec quelque chose d'autre. Un autre événement difficile que vous auriez vécu.

Marie soupira. Elle tourna la tête de côté pour penser. Ça vint tout de suite. Sa séparation d'avec François. Sa première et sa dernière vraie relation amoureuse.

Elle était à l'université, il était son prof. Il donnait un cours d'initiation à la publicité. Il avait dix ans de plus qu'elle, un humour caustique, une tête frisée et une moustache fine à la Arsène Lupin. Des yeux toujours remplis d'ironie. Une pensée aiguisée et impertinente. Il aimait discuter et bousculait les certitudes go-gauches de ses étudiants. C'est ce qui lui avait d'abord plu.

Puis, ils s'étaient revus par hasard à la piscine de l'université. Elle nageait le dos dans un couloir, lui, dans l'autre. Elle ne l'avait pas remarqué, jusqu'à ce que leurs deux bras s'accrochent par-dessus la bouée qui séparait les couloirs. Ça arrivait souvent. C'était le seul risque de blessure en natation : elle avait récolté bien des bleus en se cognant violemment les bras, ou les jambes, contre d'autres nageurs. Mais ce choc avec François Gagné n'avait pas été douloureux. Leurs deux bras, avec un synchronisme parfait, s'étaient effleurés, presque langoureusement, dans le long mouvement circulaire du dos crawlé. Ils avaient chacun terminé leur longueur de piscine. Puis, ils avaient eu le même geste : enlever leurs lunettes de natation et regarder l'autre nageur. Il avait fait un petit signe de reconnaissance. Elle lui avait répondu.

Durant le reste de leur heure d'entraînement, ils s'étaient mesurés l'un à l'autre. C'était un très bon nageur. Elle aussi. Ils avaient enchaîné les longueurs, en suivant l'entraînement rédigé sur un tableau blanc. Il prenait toujours de l'avance dans les virages. Elle le battait sur le reste.

Au sortir de la piscine, il l'avait invitée à prendre un café. Ils étaient allés dans un Second Cup. Il avait commandé deux cafés au lait avec deux énormes parts de gâteau au chocolat. En dévorant leur gâteau, ils avaient un peu parlé. Mais c'étaient surtout leurs yeux qui se parlaient. François avait pris un peu du glaçage qui restait dans son assiette et le lui avait mis sur le nez. Elle avait ri.

— Viens donc l'enlever.

Il avait pris son visage entre ses mains et lui avait posé un bisou sur le nez.

Puis, il l'avait embrassée. Le reste était venu tout seul.

Il était marié. Elle était devenue sa maîtresse. Ils avaient baisé comme des fous pendant un an. Chez elle, dans les hôtels, après les cours. Quelques fois, il avait pu s'échapper dans des petites auberges, la fin de semaine. C'est lui qui l'avait aidée à se débarrasser des phobies alimentaires qu'elle traînait depuis l'enfance. Il lui avait appris à bien cuisiner. Ils avaient mangé dans les bons restaurants. Ils avaient bu des litres de vin : François était un connaisseur. Marie ne l'aimait jamais autant que lorsqu'il s'emballait pour le goût austère d'un bordeaux ou le nez de glycérine d'un vieux riesling.

Et puis, elle l'avait laissé.

C'est ce qu'elle dit à la psychologue, qui lui demanda de trouver l'image qui résumait cette rupture.

Facile.

Ils étaient dans l'un de ces hôtels près de la gare d'autobus, à deux pas de l'université. Des maisons miteuses qui portaient toujours des noms pompeux et ridicules. Ils venaient de baiser, ils étaient encore au lit. Et c'est là que François avait dit qu'il allait laisser sa femme.

— Je t'aime, avait-il dit. J'y ai bien pensé. Ma décision est prise. Je vais laisser ma femme.

Marie s'était tout de suite raidie.

— Et ta fille?

François avait une petite fille de quatre ans.

— Elle s'y fera. Ça ne sera pas la première à qui ça arrive. Je l'aurai en garde partagée.

— Non, dit Marie.

— Comment, non?

— Non, tu ne laisseras pas ta femme.

— Mais je t'aime. Je veux être avec toi.

— Pas moi.

François l'avait regardée. Dans ses yeux, il n'y avait pour l'instant que de la stupéfaction.

— Mais je croyais…

— J'aime baiser avec toi. Mais je ne veux être avec personne.

En disant ça, elle se marchait sur le cœur. Elle aimait cet homme. Elle aimait tout de lui. Elle aimait sa crinière frisée, son corps de nageur, son grand rire, son côté baveux, sa folie créative. Elle l'aimait en tablier à ses fourneaux, devant une carafe entamée, elle l'aimait lorsqu'il parodiait une pub de savon. Elle se marchait sur le cœur, et en même temps, elle ressentait un immense besoin de courir très loin d'ici. Il fallait partir. Vite. Vite. Elle s'était levée, avait mis ses vêtements, puis s'était assise sur le bord du lit.

— Je ne veux pas que tu laisses ta femme et ta fille. Nous deux, c'est fini.

Elle lui avait caressé le visage, comme une épouse caresse une dernière fois le cercueil de son mari avant qu'il descende dans la fosse. Tendrement. Amoureusement. Et en sachant très bien que c'est la toute dernière fois.

Elle l'avait abandonné, anéanti, entre les draps. En lui jetant un dernier regard, avant de passer la porte, elle avait vu ses yeux. De la souffrance pure. C'est cette image qui résumait la séparation.

Elle déglutit. C'était un souvenir difficile.

La psychologue mit son long doigt en marche.

Elle vit François. Appuyé sur un coude. Les draps en désordre. Le couvre-lit à fleurs roses sur fond noir tombé du lit. La fenêtre, où entrait une clarté glauque. La poussière qui tourbillonnait dans ce rayon de lumière. Elle était submergée par un flot d'émotions contradictoires. Culpabilité. Peine. Peur. Peur de qui ? De quoi ?

Le doigt s'arrêta.

— Qu'avez-vous vu ? dit la psy.

— Un doigt, dit Marie en la regardant droit dans les yeux. En souvenir de François.

À sa grande surprise, la psy éclata de rire.

— Parfait. On recommence.

Le doigt, dont l'ongle était taillé nettement, mais non verni, observa Marie, entama son mouvement de balancier.

Elle revit François dans le lit. La peine, la perte, le drame, dans ses yeux verts. Il n'y avait pas de colère, pas encore. Ça viendrait sûrement. Après qu'elle aurait fermé la porte. Après qu'elle aurait quitté l'hôtel. Après, après, quand elle n'existerait plus. Elle sentit l'odeur de la chambre, vieux tapis, cigarette, renfermé. Elle respirait trop vite. Elle avait mal au cœur.

Le doigt s'arrêta. Ouf.

— Qu'avez-vous vu?

— Rien, mentit Marie. Rien du tout.

La psy se cala dans sa chaise. Silence.

— Voulez-vous un verre d'eau? Vous êtes toute pâle.

— Non, ça va, répondit la journaliste.

La psy croisa ses deux mains, puis posa sa question sur un ton abrupt.

— Pourquoi êtes-vous ici, Marie?

La journaliste répondit sur le même ton.

— À cause de ma sœur.

— C'est votre sœur qui vous a conseillé la thérapie. Mais vous, vous ne voulez pas. C'est ça?

— Exact.

— Alors, nous avons terminé. La séance coûte quatre-vingt-dix dollars. J'imagine que vous voulez un reçu, pour les assurances.

Elle tourna sa chaise à roulettes vers son bureau, prit un crayon.

Marie était saisie. Bon. C'était fini. Elle était allée un peu trop loin. Mais qu'est-ce qu'elle allait bien pouvoir dire à Catherine ?

La psy lui tendit le reçu. Marie ne le prit pas. Un moment s'écoula. Deux paires d'yeux se mesuraient.

— Vous voulez faire un dernier essai ? dit finalement la psychologue.

Marie scruta ses grands yeux bleus. Pas une pointe d'impatience, pas de jugement, pas de pitié, pas de compassion à la noix. Une eau parfaitement neutre. Elle saisit le rameau d'olivier.

— D'accord.

— Mais on va faire autre chose. J'aimerais que vous vous concentriez plutôt sur votre sœur. Sur un souvenir de votre enfance avec elle.

Marie regarda par la fenêtre. Piste cyclable. Un vélo, deux vélos passèrent à toute vitesse.

Elle vivait depuis peu chez Louise et Gilles Dumais. Depuis combien de temps ? Elle fouilla dans sa mémoire. Elle ne s'en souvenait pas bien. Elle se souvenait seulement que ce passage était récent, puisqu'elle n'avait pas encore bien pris ses aises dans la maison au bord de la rivière. C'était l'automne, autour de l'Halloween. Sur le terrain qui entourait la maison des Dumais, bordé d'érables, il y avait des milliers de feuilles, une explosion de couleurs et de nervures ton sur ton. Catherine lui avait donné un râteau, elles avaient raclé un grand tas au milieu de la cour. Catherine l'avait prise dans ses bras. Elle l'avait avertie.

— À trois, je te lance dans le tas.

Marie s'accrochait à son cou. Elle voulait. Elle ne voulait pas. Elle avait un peu peur.

— Un!

Les joues de Catherine étaient rouges.

— Deux!

Ça sentait le feu de bois.

— Trois!

Elle se laissa aller en fermant les yeux.

— C'est mon souvenir, dit-elle.

— Bien, dit la psy. Allons-y.

Le doigt se mit en marche.

Elle se vit atterrir dans les feuilles. La chute fut douce, bien qu'un peu mouillée. Les feuilles sentaient bon. Une odeur qui, mariée à celles de l'air frais et de la fumée du feu de bois, était curieusement rassurante. Elle était bien. Catherine était là. Elle avait des feuilles dans ses cheveux blonds coupés au carré. Elle portait de gros gants de laine, un duvet rouge.

Elle se vit ensuite à l'intérieur, sur le divan à rayures du salon. Elles lisaient le gros livre de contes. Elles tournaient les pages en regardant les images. Peau d'Âne et sa robe de soleil, Tom Pouce qui lui tapait sur les nerfs, le petit soldat de plomb qui mourait en se fondant avec sa ballerine, le méchant Barbe bleue, l'hiver si froid de la petite fille aux allumettes. Elle voyait la deuxième illustration du conte, la lueur de l'allumette, l'oie rôtie, la bûche, les piles d'assiettes, les plats de sauce et les cuillers en argent, la lumière, la petite fille, pieds nus, seule, si seule, affreusement seule, puis, soudain, elle se vit, elle, dans le petit appartement où elle allait vivre, des années plus tard, la fausse lampe Tiffany, le divan-lit beige au mauvais matelas, la grosse télé, le frigo avocat, le vacarme du voisin qui réparait son auto dans la ruelle, elle venait de quitter François, elle avait vu ses yeux, elle avait fermé la porte, elle était seule, seule, si seule, affreusement seule.

Le doigt s'arrêta.

Marie se cacha le visage avec ses mains. Cette douleur, c'était... insupportable.

— Qu'avez-vous vu?

Marie lui raconta tout. Entre deux phrases, elle serrait les dents pour ne pas pleurer.

À la séance suivante, elles reprirent le fil du souvenir.

— Ce livre de contes, pour vous, c'est important? demanda la psy en regardant ses notes.

Marie opina. Elle prit une grande respiration.

Mouvement de balancier.

Marie revit le livre de contes. La couverture rouge. *Les Plus Beaux Contes.* De grosses lettres bleues. Un garçonnet et une fillette, dont la peau était jaunâtre, qui se tenaient par la main. Et soudain, elle se vit, sur un sofa fané. Un sofa inconnu. Elle tenait le livre. Catherine était jeune. Elle aussi. La lumière entrait par une fenêtre. Il y avait d'autres gens dans la pièce. Louise. Gilles. Et un autre homme. Qui était-il? Ses traits étaient familiers. Mais elle n'arrivait pas à mettre un nom sur ce visage. Puis, elle regarda à côté d'elle. Il y avait un lion en peluche.

Un lion. Le roi lion. Ti-Lion.

Le souvenir de ce nom fit céder un barrage. Les images d'un film en accéléré assiégèrent son cerveau. Ti-Lion, serré contre elle dans un lit aux bulles blanches. La femme qui s'occupait d'elle, ses boucles noires, ses yeux noirs, l'hôpital, l'odeur de l'hôpital, les autres enfants, la télé, le macaroni au fromage dans de grands plats en inox, M. Magoo, le bac de cubes, le claquement des portes qui se fermaient, les murs vert pâle, le bain, le bain chaud avec les bulles, ça c'était bien, le terrain de jeux, le sable qui glisse entre les doigts, jouer au ballon pour la première fois, avec Maryse, c'était Maryse, son nom, Maryse et ses bras doux, son odeur de fleurs, ses yeux noirs maquillés, Maryse, Maryse, Maryse.

Le doigt s'arrêta.

— Qu'avez-vous vu?

— Maryse, hoqueta Marie, le visage couvert de larmes.

*   *   *

Ti-Lion fut la clé qui rouvrit la porte de ses souvenirs.

Au cours des séances suivantes, elle explora l'unité L'Envol de fond en comble. Elle finit sa visite en revoyant Gilles Dumais qui hésitait.

— Qu'avez-vous vu? demanda Julie Dupras.

Marie raconta son premier contact avec ses parents adoptifs. Son désir si fort de repartir avec eux. Puis, l'arrivée chez eux, la vie de famille, l'entrée à l'école. Elle avait été terrorisée par le bruit, le brouhaha de la cour de récréation, les dizaines d'enfants qui criaient. Elle avait aimé les classes. Là, c'était plus silencieux. Elle avait rencontré sa future prof, qui était tombée sous le charme de cette si jolie petite fille aux yeux dorés.

Mais, en fin de compte, Marie avait dû se débrouiller seule. Les autres enfants parlaient vite, agissaient vite, tout allait vite. Elle ne comprenait pas toujours tout. Au début, les autres ne voulaient jamais jouer avec elle. Mais à la fin de l'année, elle s'était fait une amie. Elle avait gardé cette seule et unique amie durant tout son primaire.

* * *

Puis, après plusieurs séances, Ti-Lion l'emmena revoir Jeanne Provencher. Au fil de ses visites, elle avait revu Michel Daoust et sa maison de poupée.

— Suivons le fil, lui avait dit, une fois de plus, la psychologue. Visualisez la maison de poupée.

Marie ferma les yeux, pour rattraper l'image de la maison beige à deux étages où il y avait une multitude de petites pièces. Marie ouvrit les yeux. Le doigt enclencha son mouvement de balancier.

Elle vit la maison, Michel Daoust assis à côté. Tous les minimeubles sont sortis. Elle doit les placer. Il y a une poupée-Maryse dans la cuisine. Une poupée-Jeanne dans une chambre vide. Elle a placé la poupée-Jeanne à regret dans l'une des chambres. Elle veut qu'elle disparaisse. Elle veut qu'elle parte. Peut-être qu'elle peut partir ? Non, il faut aller voir la poupée-Jeanne. C'est ce que Michel Daoust lui dit. Elle ne veut pas. Mais Ti-Lion sera avec elle.

Puis, elle se vit dans une autre pièce, une sorte de salle de jeux. Elle tient Maryse par la main et elle ne veut pas avancer. Il y a une femme, là-bas. Jeanne Provencher.

· Jeune. Cheveux encore bruns relevés en chignon. Jeanne Provencher sort de son sac une robe grise. Elle doit la mettre. Marie est à demi nue devant Jeanne, qui l'aide à revêtir la robe. Elle a froid.

La pièce s'efface. Ti-Lion n'est plus dans ce monde. Elle est seule, désormais. Elle voit une robe, plein de robes dans un placard, deux lits, des couvertures rayées, une plaque à deux ronds, une fenêtre, une porte accordéon, ça sent le pipi, j'ai faim, des rigatonis froids dévorés à même la boîte, une banane, jaune banane, des cheveux jaunes, une robe verte, Fée Clochette, le catalogue Sears, la poudre dorée, Fée Clochette, emmène-moi avec toi, une coquerelle sous la porte, elle la suit, elle veut la suivre, elle veut partir, elle ne peut pas, elle n'a pas le droit, il faut respecter le silence, silence, silence, silence, les mains sur les oreilles.

Marie agrippe à deux mains le doigt de la psychologue pour l'arrêter.

— Je peux pas. C'est trop dur.

*   *   *

Il fallut des trésors de patience à la psychologue pour ramener Marie dans l'appartement 3 du 3199, Sainte-Catherine Est.

— C'est le nœud de votre histoire, Marie. C'est pour ça que vous êtes venue ici. Pour rencontrer cette petite fille. Marie-Lune Provencher. Si vous acceptez de la rencontrer, si vous lui parlez, votre regard sur elle va changer.

À la dixième séance, Marie accepta.

— Et dans ce que vous vous rappelez, quelle image résumerait votre vie dans cet appartement?

Marie ferma les yeux. Elle vit une fente étroite, qui se dessinait, presque invisible, dans un mur de préfini.

— Le réduit de la salle de bain, dit-elle.

Le doigt se mit en marche.

Marie visualisa la salle de bain. La cuvette avec une drôle de lunette en faux bois. Siège assorti, faux bois pâle. Il y avait seulement une cuvette dans la salle de bain. On allait prendre la douche ailleurs dans l'immeuble, la douche qu'utilisaient tous les autres locataires, qui n'avaient pas le privilège d'en avoir une dans leur chambre. Marie tenta de se souvenir des installations sanitaires de l'étage. Elle revit des images éparses. Une douche au plancher de béton. Elle se revit, petite et nue, dans cette douche glaciale. L'endroit n'était pas chauffé en hiver.

Les images affluaient, suivant le doigt hypnotisant. Marie revoit, dans l'appartement 3, la porte accordéon, qui s'ouvre avec un claquement. Le prélart, un peu gondolé par l'humidité. Les murs en préfini. Et devant les toilettes, la fente, qu'on ne peut ouvrir de l'extérieur qu'en y glissant les ongles. La petite porte s'ouvre avec un craquement. Marie Dumais disparaît. Et redevient Marie-Lune Provencher, assise dans le noir, les bras autour de ses genoux, un catalogue Sears serré contre elle.

Elle l'a envoyée précipitamment dans le réduit, aujourd'hui. Il y a des coups donnés sur la porte. Un homme parle. Sa voix est empâtée. Il crie.

— Envoye, ouvre donc. J'ai de l'argent pour payer, je viens d'avoir mon chèque.

— Je marche pas là-dedans. Tu le sais.

— Je veux de la peau, tabarnak. Ça fait longtemps que j'ai pas fourré.

— Je veux rien savoir de toi, Ben Riopel. Va trouver quelqu'un d'autre pour tes petites affaires.

— Veux, veux pas, elle va ouvrir, ta crisse de porte.

Les coups dans la porte sont de plus en plus forts. Avec un craquement, la serrure cède.

Marie-Lune entend des bruits sourds dans la chambre. Puis de drôles de bruits, du côté des lits. Un tissu qui se déchire. *Elle* crie.

Marie-Lune presse ses mains sur ses oreilles. Elle a peur. Elle a mal au cœur.

Après un moment, l'homme parle.

— Elle est où, ta fille?

Pas de réponse.

Bruit de claquements.

— Je sais qu'elle est ici. Elle va jamais nulle part. Où elle est?

Bruit sourd.

L'homme crie, en marchant dans la chambre.

— Elle est où, la petite princesse? Viens, sors, on va s'amuser ensemble. Crisse, t'es où? Y'a pas trente-six cachettes dans cette chambre-là!

Il entre dans la salle de bain. Donne des coups de pieds sur tous les murs. Tiens, ici, ça sonne creux. Ses ongles grattent pour ouvrir la porte.

Marie-Lune voit le visage raviné et les yeux de

fouine de leur voisin. Le chambreur d'à côté. Il la prend comme un petit colis dans ses grosses paluches. Le catalogue tombe. Il ne sent pas bon, ses mains se promènent, *elle* est par terre, *elle* a les yeux fermés, sa robe est déchirée, il la jette sur le lit, elle veut partir, il la tient, il fait noir dans la chambre, mais qu'est-ce qu'il fait, elle ne veut pas, *elle* se lève, *elle* est derrière lui, *elle* tient une chose dans ses mains, il la reçoit sur le crâne, il s'écrase par terre. Râle.

Le doigt stoppe sa course.

Marie s'effondre dans la bergère. Elle tremble.

La psychologue quitte sa chaise, s'agenouille devant la bergère et prend Marie dans ses bras. Elles restent longuement enlacées, une masse humaine remuante, qui tressaute par à-coups, au rythme des sanglots que crache Marie.

Curieusement, en l'étreignant comme une enfant, la psy songe à une berceuse qu'elle chantait à ses fils quand ils étaient petits. *Aux marches du palais.* Elle suit son instinct, et chante doucement.

Elle a une jolie voix.

*   *   *

Pendant plusieurs séances, Marie Dumais a parlé avec Marie-Lune Provencher. La grande a dit à la petite que ces années sans bruit et sans amour auraient bientôt une fin. Elle lui a dit qu'elle sortirait du réduit. Qu'elle irait vivre dans une belle maison, avec des gens qui l'aimeraient. Qu'elle ne serait plus seule dans le noir. Qu'elle allait être heureuse. Qu'elle allait écrire. Qu'elle allait avoir une sœur, des neveux, un chien couleur chocolat.

Pendant plusieurs heures, au rythme d'une séance par semaine dans un appartement du Plateau transformé en bureau, Marie Dumais a consolé Marie-Lune Provencher. Elle a caressé ses longs cheveux bruns. La grande a bercé la petite, assise sur un lit du 3199, Sainte-Catherine Est, appartement 3. Elles ont regardé ensemble, par la fenêtre, la porte mauve qui s'écaillait, les plaques d'herbe qui ne cessaient de s'agrandir. Elles ont feuilleté ensemble le catalogue Sears.

Et puis, un jour, Marie Dumais a senti que c'était le moment de s'en aller. Elle a serré l'enfant dans ses bras. La petite était appuyée sur le chambranle de la porte. Elle lui a fait un petit salut en souriant. La porte de l'immeuble a claqué, un bruit définitif. Dehors, les trottoirs étaient noyés dans la gadoue. À l'extérieur du 3199, Sainte-Catherine Est, l'hiver se mourait.

Dans l'appartement ensoleillé du Plateau, Marie Dumais serra fermement la main de la psychologue. Elle sortit, enfourcha son vélo. Un superbe matin d'été. Elle passerait à la SAQ, achèterait une très bonne bouteille. Ensuite, elle irait chez elle, trouver un numéro de téléphone. Ce serait facile. François Gagné devait être dans l'annuaire.

Remerciements

Ce livre raconte évidemment une histoire fictive. Mais sa rédaction aurait été impossible sans l'expérience prenante vécue auprès de Denyse Leclerc, de Michel Doucet et de leur équipe. Un immense merci à tous et à toutes pour leur patience et leur engagement.

Un mot particulier pour le Dr Sylvain Palardy et son collègue Michel Lemay, qui ont bien voulu consacrer quelques heures de leur précieux temps à raffiner l'historique psychologique — et psychiatrique — de mes personnages.

De même, une conversation avec Robert Lyons m'a permis de partager sa passion des mathématiques et d'avoir un bref aperçu des capacités d'un enfant surdoué.

Enfin, merci à Marielle Paradis, qui a été, à sa façon, le déclencheur de cette histoire.

K. G.

Table des matières

CRÉDITS ET REMERCIEMENTS

Les Éditions du Boréal reconnaissent l'aide financière
du gouvernement du Canada par l'entremise du Fonds du livre
du Canada (FLC) pour leurs activités d'édition et remercient le Conseil
des Arts du Canada pour son soutien financier.

Les Éditions du Boréal sont inscrites au Programme d'aide
aux entreprises du livre et de l'édition spécialisée de la SODEC
et bénéficient du Programme de crédit d'impôt pour l'édition
de livres du gouvernement du Québec.

EXTRAIT DU CATALOGUE

Ce livre a été imprimé sur du papier 100 % postconsommation,
traité sans chlore, certifié ÉcoLogo
et fabriqué dans une usine fonctionnant au biogaz.

MISE EN PAGES ET TYPOGRAPHIE :
LES ÉDITIONS DU BORÉAL

CE DEUXIÈME TIRAGE A ÉTÉ ACHEVÉ D'IMPRIMER EN JUILLET 2011
SUR LES PRESSES DE MARQUIS IMPRIMEUR
À CAP-SAINT-IGNACE (QUÉBEC).